J'étais derrière toi

Nicolas Fargues

J'étais derrière toi

Roman

P.O.L
33, rue Saint-André-des-Arts, Paris 6e

Pour Emilia

Ero dietro di te : tu sais ce que ça veut dire, en français ? Ça veut dire *J'étais derrière toi*. En fait, pendant tout le dîner, elle était assise à une table derrière la nôtre et elle a passé son temps à me regarder sans que je le sache. Et, c'est marrant, je suis en train de me rendre compte qu'en la tirant un peu par les cheveux, elle est éminemment symbolique, cette phrase. Elle pourrait signifier aussi : « Pendant tout ce temps, toutes ces années, j'étais juste derrière toi, pas très loin, et tu ne m'as pas vue. C'était l'évidence même, toi et moi, mais on se ratait à chaque fois. Maintenant, me voilà, je suis là et je compte bien te le faire savoir, la balle est dans ton camp, tu ne pourras pas dire que tu n'as pas été prévenu et te lamenter d'être passé à côté de la chance de ta vie. » Non ?

C'est le serveur qui m'a apporté une petite carte à la fin du repas, avec l'addition. Tu sais, ces

9

bristols avec écrits dessus le nom, le logo et les coordonnées du restaurant. En Italie, je ne sais pas si tu as remarqué, mais c'est toujours très bien fait, ces trucs-là, c'est toujours imprimé proprement, avec un beau papier, une illustration raffinée, une jolie typo : c'est toujours très personnalisé, ils sont beaucoup plus attentifs que nous à ces choses-là. Au dos de la carte, il y avait écrit au stylo bille : « *Ero dietro di te – Alice* », en italien ça se prononce *Alitché,* et puis un numéro de téléphone portable, en Italie ça commence par 33 ou 34. Le serveur me l'a tendue en souriant et il a commencé à me raconter en italien ce qui s'était passé. Je faisais oui de la tête mais, en fait, je comprenais un mot sur cinq, je refusais de reconnaître que je ne comprenais pas l'italien, j'étais vexé comme un pou mais, par pur orgueil, je continuais à faire oui de la tête. C'est con, comme réaction, hein ? C'est complètement idiot, non ?

Comme il voyait bien que je ne pigeais pas, il s'est naturellement tourné vers mon père et ma belle-mère qui, eux, parlent italien, et il leur a expliqué qu'il y avait une fille à la table derrière la nôtre qui avait tenu absolument à me remettre son numéro de téléphone. Ça le faisait marrer, le serveur, il souriait, il souriait ! Pas un sourire moqueur ou blasé, pas du tout. Au contraire, un sourire, je dirais, de timidité, de timidité émue, stupéfaite. Enthousiaste et stupéfaite, voilà. Il rougissait presque, tellement il était gêné de sourire et tellement il trouvait ça à la fois gonflé et romantique, de la part de cette fille, de m'avoir laissé cash son numéro de téléphone. Ben oui, c'est quand même le genre de situation que tu ne retrouves qu'au cinoche ou dans les bouquins et, je me mets à la place du serveur, ça ne doit pas arriver tous les jours, dans son resto, ce genre de truc. C'est vrai, je ne m'en suis pas vraiment rendu compte parce que *je* vivais la chose, parce que le mot, c'est à *moi* qu'il était adressé. Mais, j'imagine : considéré de l'extérieur, ça doit être assez troublant, non ? Alors moi, au serveur, je lui ai demandé, cette fois en anglais – tiens, d'ailleurs, tu as remarqué que les Italiens, quand tu leur demandes : « Do you speak english ? », ils te répondent tous très humblement : « Just a little bit » ? *Djeustéliteulbite*, avec l'accent, en faisant comme ça avec le pouce et l'index. Ils te répondent « Just a little bit » mais, en fait, ils le comprennent et le parlent vachement mieux que nous, l'anglais. Non ? T'as pas remarqué ? Donc oui, le serveur. Je lui demande en anglais, en essayant de ne surtout pas avoir l'accent français – parce que c'est quand même la honte, notre accent, quand on parle anglais, non ? –, je lui demande si la fille est toujours là, comment elle était, si elle était jolie ou pas, je lui demande de me la décrire, mais juste comme ça. Je le lui demandais pour rigoler, pour faire un peu le malin devant mon père, ma belle-mère et mon petit

11

frère, sans faire vraiment gaffe. Juste pour le fun et parce que ça me faisait du bien, de me changer les idées en parlant de choses légères comme ça.

Parce que j'étais mal à un point que tu ne peux pas imaginer, ce soir-là, je te jure. Alexandrine m'avait trompé plus d'un mois auparavant mais je n'arrivais pas à m'en remettre, c'était affreux. J'y pensais à chaque fois que je la regardais, j'essayais de ne plus y penser mais, rien à faire, ça avait fini par prendre des proportions énormes, c'en était devenu pathologique, j'en crevais à petit feu dans ma tête, je me sentais chaque jour vidé de mon sang, j'avais jour et nuit une boule à l'estomac, tu sais, la boule que t'as là et qui te lâche plus, le mal-être mental directement transformé en douleur physique objective, tu vois ce que je veux dire? Le genre de truc contre lequel on te prescrit des antidépresseurs, du Prozac, des trucs comme ça. Avant de vivre ça, je ne comprenais pas, le Prozac. Avant, comme je mettais un point d'honneur à ne jamais reconnaître que ça n'allait pas – je finissais d'ailleurs moi-même par me persuader que je n'avais jamais de problèmes, moi, tu sais, avant, c'était monsieur *pas de problèmes* –, à force de me buter dans l'idée que j'étais heureux, eh bien je ne comprenais ni le rôle, ni l'utilité, ni l'effet de toute cette chimie. Les gens qui me parlaient de dépression et de mal-être, ça me semblait complètement abstrait, je pensais que tous ces médocs, tous ces psys et tous ces discours, c'était pour les faibles. J'en devenais dédaigneux, méprisant, carrément intolérant. Je ne comprenais pas qu'on puisse être malheureux sans réagir, je ne comprenais pas qu'on puisse faire la gueule, prendre dix ans d'un coup, qu'on puisse un beau jour cesser d'avoir envie de sourire pour la galerie. Je pensais que ceux qui allaient mal se résignaient à aller mal et que, au bout du compte, ils ne devaient pas s'y trouver si mal que ça, dans leur mal-être, tu vois le genre ?

Bon, moi, à aucun moment je n'ai vraiment pensé à me faire prescrire du Prozac parce que j'ai, au fond, je crois, un ego surdimensionné qui me fait toujours me maintenir la tête hors de l'eau et toujours retomber sur mes pattes, quoi qu'il arrive. Mais aujourd'hui, j'ai compris qu'il y a des douleurs mentales qui sont trop fortes, trop lourdes à supporter, et qui, à la longue, peuvent vraiment finir par te faire lâcher prise. Et que, contre ces douleurs, la médecine occidentale a exploité des molécules qui peuvent te rendre la vie moins insupportable. Et qu'on aurait tort de s'en priver si l'on en a vraiment besoin, si c'est trop dur, si on n'a pas la force de faire autrement, si ça peut nous rendre moins malheureux. Et qu'il n'y a aucune honte à cela. Non, ça, je ne crache plus du tout sur tous les gens qui se bourrent de médocs et qui ne cachent pas qu'ils vont mal, c'est trop facile. Ils font ce qu'ils peuvent, ça, je l'ai bien compris. Parce que je sais maintenant que, les pauvres, s'ils en sont là, c'est qu'ils doivent drôlement morfler. J'ai bien compris qu'on peut souffrir sans pouvoir faire abstraction de sa propre souffrance. Je ne crache plus sur personne, d'ailleurs. Ça m'a rendu plus humain, toute cette histoire. En fait, j'ai attendu la trentaine pour comprendre que j'étais exactement comme tout le monde et qu'on était tous dans la même galère, que j'avais été un sacré abruti de me croire au-dessus de la mêlée. D'ailleurs, ma psy, c'est ce qu'elle m'a dit dès notre première séance, au mois de juin : « Maintenant, vous n'êtes plus au-dessus des autres, vous êtes *parmi* les autres », en insistant bien sur *parmi*. Les autres, avant, moi, je pensais que je n'avais rien à leur dire. Mais, les autres, j'ai été bien content de les trouver, quand j'ai eu besoin de parler. Parce que, tu sais, avant, je ne parlais pas. Monsieur *pas de problèmes*, je te dis. Et, aujourd'hui, je peux te dire que c'est parce que j'ai parlé des heures, à des oreilles attentives ou non d'ailleurs, peu importe, que je m'en suis tiré. Oui, je le dis haut et fort : Merci les autres, merci! Vous m'avez sauvé la vie, et pardonnez-moi de vous avoir si longtemps pris de si haut, je vous jure que j'ai bien retenu la leçon et que je ne le referai plus! J'ai même fini par ne plus avoir aucun scrupule, aucune honte à répondre à la question : « Ça va? », par : « Non, ça va pas, ça va pas du tout, j'ai besoin de parler, là, t'as un moment? » Et à ne pas hésiter, moi qui craignais plus que tout de casser mon image lisse auprès des autres en leur parlant trop de moi et de mes éventuels problèmes, à ne plus hésiter à leur parler pendant des heures, comme tout le monde, à saouler sans vergogne les autres de mes paroles comme les autres m'ont saoulé des leurs quand ça n'allait pas pour eux, lorsque je leur faisais croire que, de mon côté, tout allait très bien et que j'étais pour leurs problèmes une oreille aussi attentive qu'ils le sont pour moi aujourd'hui lorsque j'ai les miens propres. Et à parfaitement leur cacher qu'ils me saoulaient parfois, au même titre sans doute que, parmi tous ceux à qui j'ai pu parler de mes problèmes ces derniers temps, toi compris, il y en a bien un ou deux à qui j'ai dû prendre la tête à haute dose, non? Je te saoule pas, là? T'es sûr? Mais je m'en tape, finalement, qu'on m'écoute ou pas. Maintenant, je parle. Et il se passe toujours quelque chose quand tu parles. J'ai d'ailleurs bien pigé que, ce que les autres attendent de toi, ce n'est pas que tu leur épargnes tes problèmes et que tu ailles bien, bien au contraire. Ce que les autres attendent de toi, c'est que tu finisses par tomber les masques et admettre que tu es exactement de la même essence qu'eux, que tu es dans la même merde qu'eux. C'est ça, le vrai partage, c'est ça, l'humanité. Tant que tu vas bien, tant que tu cherches à leur épargner tes problèmes, les autres, tu les fascines mais tu n'es pas des leurs, tu es trop haut, ton bonheur les tient trop à distance, les emmerde et les agresse. Et ils t'apprécient davantage encore, ils se montrent encore plus attentifs et compatissants, lorsque tu tombes les masques après qu'eux-mêmes t'ont longtemps considéré au-dessus de la mêlée, attendant avec une impatience perverse le jour où, à ton tour, tu finirais bien par te casser aussi la gueule, comme tout le monde.

Bref, je te disais que j'ai attendu la trentaine pour souffrir. Ou plutôt, pour découvrir que je pouvais souffrir comme tout le monde et que ma soi-disant force mentale, mon soi-disant élégant détachement, ma soi-disant distance en toute circonstance, purement théorique, purement idéaliste, purement littéraire, que tout ça ne faisait pas le poids face à un vrai coup dans la gueule bien banal, franc et massif. La trentaine pour devenir un adulte, en fait. Tu sais, les vrais problèmes, je n'en avais jamais vraiment eu. Je ne suis pas un enfant traumatisé, il n'y a rien d'objectivement dramatique dans mon histoire. J'ai pas été abandonné, j'ai pas été violé, pas battu, mes parents se sont pas foutu sur la gueule devant moi, mon père a tué personne, il a pas été en prison, il buvait pas, ma mère a pas fait la pute pour me nourrir, j'ai pas été témoin d'horreurs, de meurtres, de génocides, de déportation ou de trucs de ce genre. Mon histoire, elle est parfaitement banale, bourgeoise : une petite sœur, papa-maman qui s'aiment et se respectent, qui nous aiment, et puis qui décident un jour que ça ne va plus et qui se séparent proprement, point. Un enfant chacun et bonne chance, n'oublions pas que nous nous sommes aimés et que, par-dessus tout, c'est à l'équilibre des gamins qu'il faut veiller. Petit traumatisme banal du divorce et de la famille recomposée, petit blues d'enfant choyé, la vie continue, pas de quoi en faire un plat.

Mais bon, chacun voyant midi à sa porte, à l'échelle d'un individu, une expérience tout con comme celle que je viens de vivre avec Alexandrine, j'en rirai probablement un jour mais, pour le moment, je considère ça comme une révolution. Ou plutôt, ce type de révolution fait partie du parcours normal, banal, tout con, de chaque adulte. *C'est la vie*, comme on dit. Pas mal, en fait, cette expression, non? *C'est la vie*. En tout cas, il y aura un avant et un après cette histoire, ça c'est sûr. Tiens, d'ailleurs, tu trouves pas que j'ai un peu changé? Pas changé complètement, non, bien sûr, mais, je sais pas, quelque chose d'un peu plus triste qu'avant dans le fond de l'iris, ce genre de truc imperceptible mais qui fait que t'es plus vraiment le même, que t'as pris un peu de lest, d'expérience. Non? Tu vois pas? Je le sais bien qu'on est tous, tous, à notre façon, des enfants blessés. Tous. En théorie, ça remet d'ailleurs vachement à leur place tes petites douleurs. Ça en devient presque vexant, même, tant d'anonymat dans la souffrance. Mais bon, de fait, je te jure, avoir été trompé par Alexandrine, c'était horrible, un cauchemar : pendant tout le mois qui a suivi son retour de Kodong, je ne

17

dormais plus, je me forçais à bouffer, je me forçais à sortir de mon lit, à prendre ma douche, à choisir mes fringues, à me faire beau devant la glace, à faire tenir bon mon sourire pour continuer à faire croire à tout le monde que tout était O.K. En fait, non, je ne me forçais pas, ce n'est pas ça. En fait, je faisais tout ça machinalement, sans bien comprendre ce qui m'arrivait. J'étais en plein dans l'onde de choc, tu sais, quand l'immeuble tient encore debout quelques minutes après la secousse sismique et puis qu'il s'effondre. Ou comme la poule à qui on vient de couper la tête et qui continue à courir vingt ou trente secondes dans la cour avant d'accepter que ce n'est plus la peine de courir, qu'elle ne va nulle part. Je me croyais fort, tu sais, inoxydable, tout-terrain, inentamable, trop orgueilleux pour souffrir. Mais là, brusquement, plus d'orgueil, plus de distance, plus d'ironie. Juste un bon gros coup de vie dans la gueule. Et comme tous les gens trop orgueilleux et trop protégés par la vie face à leur premier coup dur, j'ai surréagi. J'étais devenu un automate, je faisais tout comme d'habitude mais j'avais décroché. J'étais juste écrasé, j'étais obsédé par l'image de ma femme en train de se faire sauter dans sa putain de chambre d'hôtel, à Kodong, par ce mec plus grand et plus mec que moi, black, plus balèze, plus wild, qui lui parlait anglais et qui, lui, l'avait fait jouir sans se poser de questions. C'était horrible, je te jure, j'essayais de donner le change face aux autres, je continuais à sourire comme un fou pour faire croire que je n'étais dupe de rien ni de personne. Mais, derrière, j'étais en train de partir en lambeaux, j'avais l'impression que personne au monde n'était en train de perdre les pédales autant que moi.

C'est exactement dans cet état d'esprit que j'étais, en parlant avec le serveur de ce resto, à Romanze. J'avais une espèce d'euphorie du désespoir, tu vois ce que veux dire? Quoique, ce soir-là, pour être tout à fait honnête avec toi, le fait de me retrouver en Italie produisait sur moi un effet plutôt bénéfique. J'étais arrivé de Paris le matin même, j'étais là juste pour le week-end, je n'attendais aucun réconfort moral de ce voyage, je n'envisageais même pas que l'Italie puisse faire quelque chose pour moi, vu l'état dans lequel je me trouvais. Et c'est précisément parce que je n'attendais rien que tout pouvait arriver, parce que je n'envisageais même pas que quelque chose puisse arriver qui me sorte de mon très, très sale état. Mon père, que je n'avais pas vu depuis un an, m'avait suggéré de profiter de mon séjour en Europe pour faire un crochet d'un week-end à Romanze, où il venait juste d'emménager en famille. Il me l'avait proposé par e-mail deux ou trois mois auparavant, bien à l'avance, pour être sûr de ne pas me louper, parce que lui aussi sait ce que c'est, que de passer en coup de vent en Europe : les milliards de trucs à faire et de gens à voir en un temps record, et pas le temps pour la famille. Il savait que ça

19

n'allait pas fort dans mon couple et il m'avait écrit : quand vous serez à Paris avec Alexandrine, tout début septembre, pourquoi tu ne viendrais pas te changer les idées et passer le week-end à Romanze avec nous, ce sera au moment où on emménagera, j'ai trouvé une maison pas mal du tout sur les collines, on voit toute la ville.

Moi, au moment où il me le proposait dans son e-mail, j'étais dans mon bureau, à Tanambo, à l'autre bout de la planète, avec mille autres soucis dans la tête et moralement bouffé par la culpabilité. Tu sais, à ce moment-là, ce devait être en juin, on était déjà en pleine crise avec Alexandrine. C'est moi qui, après des années et des années d'une parfaite fidélité réciproque et deux enfants, avais tout foutu en l'air brusquement, à la mi-mai, en perdant la tête pour Gassy, une chanteuse de passage qui était allée jusqu'à consulter les sorciers de son village pour m'envoûter, et, de fait, peut-être bien que ses grigris ont marché parce que, avec le recul, je ne comprends vraiment pas ce que j'ai pu lui trouver, c'est aberrant, le coup de la chanteuse. Bref, une charmeuse pas claire pour deux ronds que je connaissais à peine et que, un matin que ma femme et les enfants étaient innocemment au zoo, à mille lieues de se douter de ce que je fabriquais à l'autre bout de la ville, j'étais allé embrasser et peloter en douce à son hôtel. Le pire, ce n'est pas tant le fait d'avoir roulé quelques pelles et caressé les seins et le sexe d'une autre fille. Tu connais déjà l'histoire, on l'a racontée à tout le monde : c'est que, deux jours après, au moment où j'avouais à Alexandrine que j'avais flirté avec cette fille, je lui annonçai par la même occasion que je la quittais, mais pour me rétracter brusquement au bout de vingt minutes et la supplier de me pardonner. Je vais vite, là, je schématise trop, je te passe l'effondrement psychologique et physique d'Alexandrine dans la seconde même où je lui annonçais la nouvelle, le choc palpable, terrible, dans ses yeux et sur tout son visage tandis qu'elle s'apprêtait à mettre au four un quatre-quarts pour toute la famille. Je te passe mon envie instantanée de mourir de l'avoir mise dans cet état, la conscience brutale d'avoir rompu l'équilibre du monde, d'avoir brisé la confiance d'une façon irréversible, d'avoir commis un véritable sacrilège, je te passe la sensation d'apocalypse, de pénétrer dans les flammes de l'enfer, il n'y pas d'autre image pour exprimer ça, le cauchemar vivant, les cinq secondes déterminantes de mots prononcés que tu voudrais effacer, ces cinq secondes fatales qu'en vain tu voudrais réécrire pour que tout redevienne exactement comme avant, pour que tout cela ne soit qu'un mauvais rêve. Et à propos de rêve, justement, je te passe celui que j'avais fait une ou deux semaines auparavant. C'est inouï, les rêves. Dans ce rêve, Alex et moi on se hurle dessus, on se hurle dessus en même temps, face contre face, les yeux fermés par l'hystérie, on se hurle dessus en larmes dans l'incommunicabilité la plus absolue, on

21

s'en veut mortellement pour une raison qui n'est pas précisée dans le rêve, une raison grave, très grave en tout cas, une raison où c'est moi le coupable, on se hurle dessus dans une cacophonie indescriptible comme si c'était la fin du monde, et pourtant on se serre dans les bras l'un de l'autre de toutes nos forces, comme deux orphelins sous les bombardements, dans l'attente terrorisée de la mort, parce qu'on sait tous les deux qu'il n'y aura pas d'autre issue possible. Ce rêve, je m'en souviens parfaitement, je n'invente rien, je te jure, ce rêve, il m'avait fait me dresser d'angoisse dans le lit conjugal, en pleine nuit, tellement la violence exprimée y était tangible et réaliste. Au matin, j'en avais encore des frissons, je te jure. Je te passe tout ça mais, dans le déroulement des faits eux-mêmes, c'est bien cette version que tu as entendue, on est d'accord ? Dis-moi tout de suite si j'omets quelque chose, un détail supplémentaire, un truc qu'on t'aurait raconté à ce propos, qui te semble significatif et dont tu croirais que je te le cache volontairement pour mieux te servir ma version à moi. N'hésite pas, je ne voudrais surtout pas t'influencer.

Les raisons de mon écart avec la chanteuse, en tout cas, je ne vais pas te les expliquer. D'abord, c'est assez intime, ça prendrait des heures et, surtout, je ne veux pas te faire prendre mon parti, je sais que tu aimes bien Alex, je sais que vous vous entendez bien et qu'elle te raconte sa version des choses de son côté, c'est trop délicat. La seule chose que je peux te dire, même si ça ne t'avance à rien, c'est que j'avais mes raisons. Forcément. Je veux bien passer pour un salaud, je veux bien passer pour celui qui a tout saccagé en premier, mais ce n'est pas venu tout seul, c'est tout ce que je peux te dire. Si je l'ai fait, c'est que j'avais mes raisons, et on n'est jamais tout à fait coupable d'avoir ses raisons, non? Même si, sur le moment, en voyant l'état dans lequel j'avais mis Alexandrine, je me sentais tellement coupable que je refusais de considérer que je pouvais avoir encore le millième d'une raison objective d'avoir fait ce que j'avais fait. Bref, ça n'allait pas du tout, je me sentais monstrueusement coupable de lui avoir menti, monstrueusement coupable d'avoir menacé de la quitter pour une nana avec laquelle j'avais des scrupules ridicules à coucher avant d'avoir proprement quitté ma femme, monstrueusement coupable d'avoir pété les plombs et gâché en cinq secondes toutes ces années d'une histoire de couple sans véritable gros nuage avéré, avec deux enfants par-dessus le marché. Après une nuit blanche passée à ses pieds à la supplier de me pardonner et de bien vouloir à nouveau de moi pour toute la vie, après une nuit blanche de ses larmes et de ses hurlements de désespoir, j'ai cessé dès le lendemain matin d'aller au boulot pendant dix jours pour ne plus la quitter d'une semelle. Je l'ai veillée jour et nuit roulé en boule par terre à même le sol, au pied du lit de la chambre d'amis dans laquelle désormais elle avait transféré toutes ses affaires, je ne dormais plus, je guettais le moindre de ses gestes pendant son sommeil, à son réveil je me dressais comme un ressort et j'attendais ses premiers mots en la regardant par en dessous, je baissais les yeux lorsqu'elle m'intimait des siens de ne pas la regarder en face, j'opinais du chef par peur que le son de ma voix la heurte, je lui demandais la permission avant de lui parler, je sortais quand elle m'ordonnait de sortir, par décence je n'osais pas manifester ma joie quand elle me demandait de rester pour lui tenir compagnie, j'attendais ses ordres en faisant les cent pas dans le couloir, par décence je n'osais pas me reposer sur le canapé du salon, je n'osais pas allumer la télé, je n'osais pas ouvrir un bouquin, je n'osais pas penser à moi une seule seconde, je n'osais même plus me regarder dans le miroir tellement je trouvais indécente ma sale gueule de saccageur d'épouse et de mère de famille, j'étais comme Macbeth après le meurtre du roi, j'avais tué l'innocence et je me le faisais payer très cher, je te jure, je n'exagère pas, c'est vrai, à partir de ce moment-là, j'ai vécu deux mois et demi dans une abnégation totale, à la limite du masochisme, et je trouvais cela normal, normal de m'empêcher de pleurer ou rire devant elle, normal d'être une merde, normal de ne pas aller me foutre sous les roues de la première bagnole par respect pour sa douleur à elle, normal de l'entendre me dire : « Il n'y a qu'une seule chose qui pourrait te pourrir la vie à la mesure de ce que tu m'as fait : que je me suicide. Mais je ne vais certainement pas te faire ce plaisir-là. » Je trouvais que c'était la moindre des choses qu'elle me traite comme un chien, je ne savais plus quoi faire, elle était ma maîtresse outragée, je l'entendais pleurer et renifler des heures derrière la cloison de sa chambre et ça me donnait envie de crever, j'étais prêt à toutes les humiliations, à tous les coups, pour une main magnanime posée sur mes cheveux ou sur ma joue, pour un simple sourire, et, de fait, dès le soir du drame elle m'a forcé sous la menace d'un couteau de cuisine à proférer par téléphone des insanités à la chanteuse, dont elle serait allée en pleine nuit casser les jambes à coups de barre de fer à son hôtel si elle s'était encore trouvée en ville à ce moment-là. De fait, le lendemain matin, elle m'a mordu la main jusqu'au sang lorsque je lui ai extirpé de force de la bouche une vingtaine de cachets qu'elle essayait d'avaler dans sa chambre. De fait, une demi-heure plus tard, elle a foutu au feu toutes nos lettres d'amour de toutes ces années, les miennes à elle et les siennes à moi, et toutes nos photos, sous mes yeux, des centaines de photos et de négatifs de tant d'années de vie commune sans que j'aie le droit de broncher. De fait, le surlendemain, elle a chargé pendant vingt bonnes minutes notre fille de six ans, totalement tenue en dehors de l'affaire jusque-là, de messages à mon intention comme : « Papa, maman me demande de te demander si Gassy se porte bien », « Papa, maman me demande quand tu comptes te débarrasser des importuns pour laisser la place à Gassy », « Qu'est-ce que ça veut dire, *se débarrasser des importuns*, Papa ? », « Et puis, qui c'est, Papa, Gassy ? ». Et, de fait, le samedi suivant, à l'heure du déjeuner, après avoir écouté durant toute la matinée en boucle une chanson triste qui s'appelle *Ce que tu m'as fait*, dans laquelle la fille s'est fait tromper par son mec, elle a téléphoné à une copine pour qu'elle vienne chercher les enfants et, une fois les enfants partis avec la copine, une fois elle et moi seuls dans la maison, sans témoins, elle a éteint le lecteur de CD et elle est venue tambouriner sur la porte des chiottes où j'étais enfermé, m'obligeant en hurlant à me lever du trône où je n'avais pas fini de chier, elle m'a hurlé d'ouvrir la porte immédiatement alors je l'ai ouverte, je l'ai ouverte parce que je n'étais pas en état de lui désobéir et parce que, aussi, je n'avais pas l'habitude de désobéir à Alex, même avant le cauchemar. J'ai donc ouvert la porte en me demandant quand même un peu ce qui se passait, le pantalon dégrafé encore dans ma main, et là, je l'ai vue, elle, transfigurée, tenant dans la sienne un manche à balai en aluminium qu'elle avait dévissé de sa brosse. Son visage était méconnaissable de haine, elle serrait le manche à balai de toutes ses forces dans son poing et elle m'a dit, pleine de cette chanson qu'elle avait dû se repasser quarante fois entre neuf heures du matin et midi, elle m'a dit, avec dans les yeux et la bouche un air révulsé que je ne lui connaissais pas, avec un air qui m'a fait penser : « En fait, tu ne connais pas Alex, en fait, ta femme est une étrangère », elle m'a dit : « Prépare-toi, maintenant tu vas payer. » Alors, moi, j'ai immédiatement compris ce qui m'attendait, mon cœur ne battait pas aussi fort qu'il aurait dû parce que je devais déjà savoir tout au fond de moi, je devais animalement m'y attendre, à ce qui allait arriver, je devais même m'y attendre plus ou moins consciemment depuis toutes ces années tellement il allait se matérialiser là une situation qui définissait notre couple en filigrane depuis le début : sa fragilité potentiellement violente contre ma culpabilité potentiellement lâche. Je n'ai donc même pas pensé à refuser, je n'ai pas cherché à faire l'innocent, je n'ai posé aucune question, j'ai reboutonné calmement mon pantalon et je me suis avancé vers elle en lui disant : « Je suis prêt », j'ai serré les dents et elle s'est mise aussitôt à me tabasser en règle sur le seuil de notre salle de bains, avec le manche qu'elle serrait au point qu'elle en a eu des ampoules pendant plusieurs jours, elle a commencé par frapper à toute volée et de toutes ses forces sur ma nuque et mon cou, sans s'arrêter, avec sa stature de nageuse de compétition, elle a bastonné comme une furie sur mes jambes, sur mes hanches, sur mon dos, elle visait comme une possédée les couilles, la gueule, elle me hurlait à chaque coup porté des insanités comme « ordure », « pourriture », « tas de merde », « tu n'es qu'une merde », « espèce de pourriture », « crever comme une pauvre merde, c'est tout ce que tu mérites », « qu'on te chie sur la gueule, c'est tout ce que tu vaux », et moi, je me laissais faire, trop bouffé par la culpabilité pour ressentir l'effet des coups et des insultes, différant la douleur, me concentrant sur le sifflement de l'air qui s'engouffrait dans le tube d'aluminium en me disant à chaque fois que je croisais ses yeux outrés derrière le bâton : « En fait, j'ai épousé une folle. » Et quand, au bout de trois ou quatre minutes, le manche à balai s'est plié en deux sous le contact répété de mes os, après m'avoir jeté les deux morceaux à la gueule, elle est allée débrancher la petite lampe en bois de mon bureau et elle me l'a écrasée, toujours en pleine gueule. Le choc était si violent que la lampe et l'abat-jour ont explosé ensemble d'un coup, je n'ai même pas eu mal tellement son geste était puissant et parfait. Dans son élan, elle a ramassé par terre, parmi les débris, le fil blanc avec la prise au bout et elle s'est mise alors à me fouetter, elle a fouetté pendant deux ou trois autres bonnes minutes jusqu'à ce que la prise saute elle aussi sous l'effet des coups répétés, et puis elle a recommencé à vouloir me lacérer le visage avec le fil nu, en me hurlant que je n'avais pas le droit de me protéger, qu'il fallait qu'elle me défigure ma gueule d'ange pour que plus jamais les filles ne puissent l'apprécier, tiens, regarde la cicatrice sur ma tempe, là, tu la vois, là, en transparence, à la lumière ? C'est la trace d'un coup de fil électrique mieux placé que les autres, ça, je l'ai gardée pendant un mois en expliquant à tout le monde, pour protéger Alex, que je m'étais pris une branche dans la figure dans mon jardin. Et c'est grâce à l'aloe vera que j'ai pu la faire disparaître aussi bien. C'est top, pour les cicatrices, l'aloe vera, tu connais? Et puis, quand le fil à son tour a été trop ensanglanté pour qu'elle puisse encore le tenir dans sa paume sans que ça glisse, elle m'a mis deux droites sonores dans la mâchoire, elle m'a mis à terre d'un coup de poing dans le ventre et m'a achevé à coups de pied dans le menton, le dos et sur le sommet du crâne. J'ai refusé tout ce temps comme une merde de me protéger, elle voulait que je sois défiguré et que je meure, et moi, plié en deux sur le carrelage, le souffle coupé par le coup à l'estomac, la tronche enflée et zébrée, mon arcade sourcilière droite éclatée et mon t-shirt déchiqueté et trempé de sang, je pensais que je le méritais, je pensais qu'elle en avait le droit parce que je n'étais qu'une merde, alors j'étais prêt à mourir et à me faire saccager ma gueule d'ange. Et quand, au bout de sept ou huit minutes, elle a bien fini par considérer que mon visage ne ressemblait plus à rien et juger que j'avais mon compte, elle a cessé de frapper, elle a repris son souffle, elle a laissé passer trente ou quarante secondes et, réalisant sans doute qu'elle était allée un peu loin, elle m'a dit calmement : «Viens, maintenant qu'on est quittes, tu vas prendre un bon bain chaud et je vais te soigner.» Et moi, tu ne peux pas savoir comme j'étais heureux, qu'elle me parle si gentiment, qu'elle me savonne de ses mains nues dans mon bain, qu'elle veuille bien me tamponner de coton, de Betadine et d'eau oxygénée ma balafre sanguinolente et passer de la Biafine sur mes contusions, tu ne peux pas savoir comme je lui étais reconnaissant, de bien vouloir décréter qu'on était quittes, je me disais même que je m'en tirais bien eu égard à ma monstruosité et que j'en aurais repris le triple s'il avait fallu arriver au même résultat. Voilà l'état d'esprit dans lequel j'étais, voilà, cette scène te résume assez bien mon état second, à moi aussi. Je te jure, il n'y a pas un mot de faux dans tout ce que je viens de te dire, aucune exagération.

Je n'ai pas fait le moindre faux pas pendant les deux mois qui ont suivi, je te le jure aussi, pas un faux pas, je me suis mis plus bas que terre, j'ai obéi comme un chien galeux, je me suis foutu minable pour elle, mais, rien à faire, dès le lendemain matin, oubliés le massacre de la salle de bains et le « Maintenant on est quittes », pas une main miséricordieuse posée sur ma tête ou sur ma joue, pas un sourire. Je l'observais dans l'espoir d'une évolution, d'un apaisement, mais elle n'arrivait pas à me pardonner d'avoir envisagé ouvertement pendant vingt minutes de la quitter pour une semi-professionnelle, de la quitter tout court, elle avait besoin de moi en tant que témoin et bouc émissaire de sa souffrance, elle me faisait payer chaque jour tant qu'elle pouvait ma trahison, et pas qu'à moitié – tu connais Alex –, et donc, je m'en tapais un peu, de la maison sur les collines de mon père, je m'en tapais royalement, de Romanze et de l'Italie. Je me disais juste que ça faisait un bout de temps que je n'avais pas vu mon père, ma belle-mère et mon petit frère, qu'il aurait été plus simple qu'ils habitent en France et qu'il faudrait que je m'organise avec mes milliards de rendez-vous et de déjeuners à Paris pour m'autoriser ce week-end en Italie. Pas un seul instant, bien sûr, je ne me suis douté que, le soir même de mon arrivée là-bas, c'est le cours de mon existence qui allait changer.

C'est donc le cœur et la tête dévastés que je débarque à Romanze, le premier samedi de septembre. Dès le début, Alexandrine avait prévu de me laisser y aller seul parce que, d'une part, elle ne tenait pas forcément à m'accompagner chez mon père et ma belle-mère, d'autre part, elle préférait profiter de ce break dans notre court séjour à Paris sans les enfants pour respirer et passer un peu de temps avec sa sœur et ses amies. Moi-même, d'ailleurs, je ne lui avais proposé de m'accompagner à Romanze que par pure formalité, parce qu'elle m'en aurait mortellement voulu de ne pas le lui proposer, même si je savais parfaitement qu'elle n'avait aucune envie de venir. Tiens, en voilà un, d'exemple de notre relation tordue : lui proposer de venir à Romanze juste pour ne pas me faire reprocher de ne pas le lui avoir proposé. Impossible pour moi de communiquer simplement avec elle, elle me donnait toujours l'impression que je ne faisais jamais ce qu'il fallait. Et cela non plus, je ne pouvais pas le lui dire, elle se braquait dès que je me plaignais. Je ne voudrais pas que tu penses, à partir de cet exemple du week-end à Romanze, que je suis un mec égoïste. Je te jure, sans me vanter, c'est tout le contraire : j'ai passé mon temps, tout au long de notre vie de couple, à ne pas assumer d'avoir besoin de penser aussi à moi pour ne pas faire de peine à Alex. Parce que j'en étais dingue, d'Alexandrine. Dingue. J'en ai été dingue jusqu'à la fin. Et, sur ce point, quoi qu'elle en dise, quoi qu'elle ait pu t'en dire – parce que j'imagine qu'elle a dû te le dire, que je ne l'ai jamais vraiment aimée, hein ?, elle t'en a parlé ? –, sur ce point, je suis désolé, je n'ai pas à me justifier. Et elle le sait parfaitement, que je l'ai aimée comme un fou.

Lui proposer de m'accompagner à Romanze alors que je n'en avais pas envie au fond de moi, c'est tout le symbole de ce qu'a été notre fonctionnement au cours des derniers temps : moi qui avais besoin de souffler – et là aussi, les raisons sont multiples, je ne vais pas te les énumérer maintenant, et puis j'ai peur d'être trop partial, je ne veux pas te dire de mal d'Alexandrine. J'avais besoin de souffler pour plein de raisons que je crois, moi, objectivement bonnes, mais je n'osais pas le dire franchement par peur des violentes réactions d'orgueil blessé que pouvait avoir Alexandrine dans ces cas-là. Et donc, je finissais par mentir et agir à l'opposé de ce que je pensais et désirais réellement. Alexandrine, bien sûr, le sentait, me soupçonnait de mentir, je niais pour fuir le conflit, ça la rendait folle, moi, je niais de plus belle, je prenais ma voix la plus douce : *pas de problème, ma chérie, je te jure que ça me fait super plaisir*, et elle, impuissante, finissait de rage par me faire la gueule à cause de ma mauvaise foi, et moi, j'encaissais ses mots blessants et ses regards noirs avec ma petite voix, j'accumulais, j'accumulais. C'est tordu, hein ? À qui la faute ? Moi le faux cul doucereux qui horripile Alexandrine ou bien Alexandrine la harpie qui me terrorise ? C'est compliqué, hein ? C'est l'éternel coup de la poule et de l'œuf, ce truc. Même si moi – et là, tu m'excuseras ma partialité ouverte –, même si moi, je pense qu'avec une femme plus douce j'aurais sans doute eu moins de mal à être plus honnête, davantage moi-même. Mais bon. Là, tu vois, il faudrait rentrer dans le détail, dans la personnalité et l'histoire de chacun, dans l'enfance, dans les familles, dans l'éducation, dans les traumatismes, mais ce n'est pas le moment, ni le lieu.

Je débarque donc seul à Romanze en miettes début septembre, ma culpabilité d'avoir trompé le premier ayant laissé place sans transition à une douleur inédite : celle d'avoir été trompé. Parce qu'Alexandrine, elle, par pures représailles, par pure vengeance, et puis aussi pour ne pas finir par crever de ma trahison, un mois auparavant, dans sa putain de chambre d'hôtel à Kodong, elle n'avait pas fait que le bécoter, son Mobalien, c'est moi qui

33

te le dis. En tout cas, pas que sur la bouche. Excuse-moi, c'est de très mauvais goût – je parle pas du Mobalien... Oh là là ! Excuse-moi encore, je suis lamentable, je ne sais pas ce qui m'arrive, c'est même pas drôle mais j'ai pas pu m'en empêcher, je suis désolé, je dis ça pour conjurer, tu sais. Et puis, tout ça ne doit pas empêcher de se marrer un peu, non ?

J'arrive en miettes, mais un changement de contexte culturel, ça te happe toujours. Tu sais, moi, je suis très sensible à tout un tas de petits détails insignifiants mais qui font toute la différence. Quand je raconte aux gens ce que je retiens d'un pays que j'ai visité, ils ne comprennent pas, ils me prennent toujours un peu pour un naïf, ou un snob. L'Italie, je suis désolé, mais c'est le dépaysement total. Si si, je n'exagère pas, pas besoin d'aller très loin si on sait regarder. On a beau te dire que l'Italie et la France, c'est kif-kif, je suis désolé, c'est le jour et la nuit. Et pourtant, ce n'est pas pour faire de la provocation gratuite, mais les musées et les monuments, moi, ça m'emmerde assez, même en Italie. Même en Italie, oui, je te le dis sans me forcer, sans snobisme, je te jure. Je ne dis pas que j'aime pas. Bien sûr que je respecte infiniment, bien sûr que c'est extraordinaire. J'ai même un œil pas complètement idiot sur l'architecture, la peinture, tout ça. J'ai une notion instinctive de l'histoire de l'art, je connais les grandes périodes, je peux dater sans trop me tromper une façade, un style, un trait, mais, je ne sais pas, quand je rentre dans un musée pour regarder tout ça religieusement, à petits pas, sans faire de bruit pour ne pas déranger les visiteurs, avec trois minutes minimum à scruter chaque tableau au risque de passer pour un rustre, tout de suite ça me bloque, ce côté obligé, balisé, sacré, tout de suite ça m'emmerde. En plus, Giotto, tous les Fra machin, les basiliques, les Palazzo della Regina, Alto, la Bella Croce, le Goliath, les bas-reliefs de je ne sais pas qui, les plafonds de Raphaël et compagnie, c'est vrai que c'est beau, mais ça m'emmerde. C'est pas ça que j'aime, en Italie. Ce que j'ai aimé, moi, le jour de mon arrivée – ça faisait dix ans que j'y étais pas venu, en Italie –, c'est dès le hublot de l'avion que ça a commencé. C'était le simple fait de regarder les arbres italiens, les champs italiens, les routes italiennes et les usines italiennes en bas et de me dire : « Je vais atterrir en Italie et y passer deux jours et demi. Ça va me changer les idées parce que me changer de mes repères habituels. C'est un voyage de plus à mon actif, quelle chance : je vais observer pendant deux jours tout un tas de petits détails qui n'intéressent personne d'autre que moi mais qui, moi, me suffisent pour prendre mon pied. » Parce que je sentais bien que, quoi qu'on en puisse dire, l'Italie, ce serait en tous points radicalement différent de la France, et ça, c'était déjà une aventure en soi. Moi, tu sais, il ne m'en faut pas beaucoup pour que ma curiosité et mon imagination fonctionnent, je ne suis pas difficile, et c'est une sacrée chance. Je m'émerveille peut-être un peu naïvement, peut-être exagérément, mais j'y trouve mon compte.

Donc, je te dis, déjà, le fait de me dire : « J'arrive en Italie », avec tout le mythe lié à l'Italie – parce que c'est quand même pas rien, l'Italie, hein ? –, le simple fait d'arriver *ailleurs*, c'était déjà énorme. Et, à partir de là, tu t'étonnes à chaque pas et l'insignifiant, le soi-disant ordinaire, le soi-disant impersonnel, devient un spectacle permanent : la couleur du tarmac de l'aéroport, du soleil, le goût de l'air, les premiers Italiens que tu croises, des Italiens *en Italie*, les noms d'entreprises italiennes inscrits sur les enseignes, les marques originales italiennes, les voitures, les machines, tu sais, tous ces signes qui témoignent de l'autonomie créatrice et économique d'un pays, le design de la navette aéroportuaire, les lunettes aérodynamiques du chauffeur qui bavarde calmement avec un collègue. Et puis, la façon que ce chauffeur a de tenir son volant, de regarder dans son rétroviseur et de presser les boutons de son tableau de bord, plus détendue et plus souple que celle de son homologue français. Et rien qu'à partir des lunettes du chauffeur, des mouvements spontanément amples et maîtrisés, de la verve calme et musicale de ce chauffeur parfaitement banal *en Italie*, rien qu'à partir de sa *présence* naturelle, tu commences à tirer tes premiers enseignements, tu pointes les vraies différences culturelles que personne d'autre que toi n'aurait l'idée d'aller chercher là-dedans, mais plutôt dans un musée ou bien dans un rituel fameux de je ne sais quel village sicilien. Là, tu commences à te dire : les Italiens sont moins crispés que nous, ils sont plus directs, plus posés, mieux plantés que nous, ils assument mieux leur latinité, on les dit frimeurs mais c'est tout simplement qu'ils se font plaisir sans se préoccuper autant que nous de ce que les autres vont penser de leurs soi-disant excès, ils n'ont pas le cul entre deux chaises, eux. Là tu commences à penser – enfin, moi en tout cas, j'ai commencé à penser – que les Italiens, malgré toutes les caricatures dont ils font l'objet chez nous : la frime, la tchatche, la Mafia, Berlusconi, les services publics défaillants, la télé paillettes, Eros Ramazzotti, le racisme sur les terrains de foot, eh bien malgré tout ça, moi, je dis qu'ils ont plus de caractère que nous, plus de personnalité que nous, plus de chien, et qu'ils se sentent bien mieux dans leur peau que nous. T'as qu'à comparer l'influence des cultures italienne et française sur le reste du monde. Bon, bien sûr, par culture, je ne parle pas du Quattrocento, ni de Dante, ni d'opéra. Là, par définition, on est battus en France, ils ont esthétiquement cent cinquante ans d'avance sur tous les points. Parce que franchement, à part l'impressionnisme et nos philosophes, artistiquement, on a toujours été plus ou moins des copieurs austères et mégalos du style italien, non ? Bien sûr, je ne parle pas des Romains, ça ne compte pas. Parce que les Romains, en matière d'influence sur le monde, je crois qu'on n'a pas fait mieux en terme d'espace et de durée, dans l'histoire de l'humanité, on est d'accord ? Non, je parle de la vraie culture populaire, de la culture effective : je parle des pâtes, des Vespa, de la pizza et de l'espresso : tu vois, toi, un coin dans le monde où on n'en trouve pas ? Je pense aussi à toute l'influence de l'émigration italienne aux États-Unis, les films, les acteurs, tout ça. Parce que là aussi, la personnalité des Italiens pourrait tout à fait se mesurer à la place qu'ils se sont faite dans l'histoire et la culture américaines. Parce qu'aux États-Unis, on est d'accord, on ne pardonne pas les cultures molles, on intègre les trucs les plus efficaces, les plus universels. Nous, à part Lafayette… Vuitton, Dior, Saint Laurent, Bocuse et les bouteilles de château-margaux, O.K. Mais, je suis désolé, c'est pas de la culture populaire, ça entre pas en compétition. On a eu des colonies partout, O.K., mais, à l'échelle du « conscient collectif populaire », si je puis dire, qu'est-ce qu'on a laissé, concrètement ? Je ne veux pas faire le procès de la France, non. J'adore mon pays, je suis bien content d'être français, mais je suis critique, c'est tout. Et je pense qu'il faut arrêter de nous raconter des salades sur le poids de notre influence dans le monde, c'est tout. Et même sur la qualité de notre cuisine. Tiens, je vais finir par devenir lourd, mais t'as pas remarqué qu'en Italie, les mauvais restos sont rarissimes ? La proportion de bons et de mauvais restos me paraît exactement inverse qu'en France. En Italie, non seulement t'es généralement mieux reçu qu'en France, mais en plus t'es quasi certain de bien manger. Dans la première trattoria venue, les pâtes, les pâtisseries, le café, la cuisson de la viande, les fruits de mer, tout ça c'est bon. Alors qu'en France, la brasserie du coin, on est d'accord, c'est du foutage de gueule : pain dégueulasse, salade plastifiée, vinaigrette translucide, steak-frites bâtard, carafe d'eau javellisée, desserts à goût de frigo, café merdique, serveur qui se la joue et te fait la tronche. Non ?

Tout ça pour dire que j'étais pas si mal que ça, en fait, dans ce resto. Dehors, la nuit était douce, il avait fait un soleil parfait dans la journée, le trajet matinal en taxi depuis l'aéroport, très cool, très reposant. Et puis, aussi, la maison de mon père qui m'avait très, très agréablement surpris. Je m'attendais à une maison normale, tu vois, dans une rue normale, avec une vue normale. Un truc à l'ombre avec un tabac en bas, des feux rouges, des voitures garées le long du trottoir et des voisins. Eh bien, pas du tout. En fait, la baraque qu'il s'est trouvée, c'est *Chambre avec vue*, tu l'as vu, ce film ? Tu es à deux minutes de la ville mais c'est déjà la pleine campagne, le taxi te dépose tranquillement devant de hautes grilles en fer, tu sonnes comme pour accéder à un château, les grilles s'ouvrent automatiquement, et là, tu suis un chemin bordé de cyprès, de vignes et de vergers jusqu'à une maison du XVIIᵉ siècle à murs épais, avec une vraie terrasse qui te domine tout Romanze, les tuiles rouges, les façades ocres, les dômes des cathédrales, le Palazzo, le Grand Musée à droite et les montagnes au loin, le tout dans une lumière méditerranéenne de fin d'été, zéro nuage dans le ciel. Incroyable, j'en revenais pas, pas une fausse note. Parfait, aussi, les courses qu'on était allés faire avec mon père sur sa moto, dans un quartier commerçant du centre ville : le *prosciutto*, les fruits, la supérette installée dans un ancien couvent à voûtes, la boulangerie dorée, les odeurs, les jolis paquets, l'art de vivre, les *ciao, ciao* de commerçants selon toute apparence moins mesquins que chez nous. Tout ça avait très bien commencé, je le ressentais de façon inconsciente. Et, dans ma douleur, au resto, le soir même, je me sentais apaisé par le brouhaha en italien, les manières et les visages des Italiens – ils font vachement plus gaffe que nous à leur mise, aux chaussures, aux marques, ça, tu ne peux pas ne pas l'avoir remarqué, hein ? La lumière était chaude, enveloppante, je prenais le temps de détailler la nappe, le pliage particulier des serviettes de table, les assiettes, les gressins dans leur sachet en papier, les étiquettes des bouteilles d'eau minérale gazeuse, la viande rose que les serveurs apportaient aux tables sur une petite planche de bois, je me sentais complètement pris en charge par cette atmosphère gaie, vivante, épanouie, rassurante, je me sentais dans un espace familier et bienveillant. Bref, je ne m'en rendais pas compte mais j'étais bien.

Et donc, j'y reviens – n'hésite pas à me dire si je fais trop de digressions –, à la fin du repas, le serveur me remet le carton du resto avec le numéro de téléphone d'une fille qui s'appelle Alice. Il reste très vague sur la description de son physique, et moi, je ne vois pas du tout de qui il peut s'agir. J'ai bien en mémoire une table collective derrière moi avec tout un tas de gens, mais pas le souvenir d'une fille en particulier à cette table. Je lui redemande en rigolant si elle est jolie, et il ne sait toujours pas quoi me répondre, il ne me répond pas vraiment, il a l'air tellement ému lui-même par la situation, il sourit tellement qu'il est incapable de me dire un truc précis à propos d'elle. C'est bizarre, ce que j'ai ressenti à ce moment-là. Je ne vais pas te dire que je suis habitué à ce que les filles me déposent leur numéro de téléphone sur ma table. Mais je sais que je plais aux filles et que ce genre de truc est susceptible de m'arriver, que ce n'est pas exclu. Je pense même qu'inconsciemment, je suis toujours plus ou moins en attente de ce genre de confirmation, j'attends toujours plus ou moins consciemment des filles qu'elles me montrent que je leur plais. Il n'y a pas eu vraiment d'effet de surprise, si tu vois ce que je veux dire. Attends, je ne voudrais surtout pas paraître prétentieux en te disant ça, je te le dis très simplement, sans hypocrisie, c'est tout. Bien sûr, j'étais flatté, ça flatte toujours, ce genre de truc. J'ai bien conscience du privilège que j'ai de pouvoir me faire déposer sur une table le numéro de téléphone d'une inconnue, je ne considère pas du tout ça comme normal, attention. Mais ça ne me paraissait pas aussi incroyable que ça le paraissait aux yeux du serveur, de mon père, de ma belle-mère et de mon petit frère. Je te jure, ils n'en revenaient pas! Ils me regardaient à moitié incrédules, avec l'air de se dire : « Ça alors, tu nous en réserves des pas possibles, toi! On se doutait pas que ça puisse arriver, des trucs comme ça. » D'autant plus qu'au moment précis où le serveur avait déposé la carte sur la table, on était en train de parler du destin, du hasard. Je devais être en train de dire avec conviction une banalité du style : « Il n'y a pas de hasard, je crois que tout ce qui nous arrive a un sens », je te jure que je disais ça, c'est mon père qui me l'a rappelé il n'y a pas longtemps, j'avais complètement oublié. C'est fou, non? Bref, ce que je voulais surtout te dire, c'est que c'est dans ces cas-là que tu mesures qu'on vit chacun dans sa bulle. Je suis conscient d'avoir la chance de plaire aux filles sans avoir à faire d'effort, mais j'oublie en revanche que, pour les autres, ça a un caractère tout à fait exceptionnel. Ils me regardaient tous comme un demi-dieu, comme un type pas tout à fait de ce monde. Moi, j'étais flatté mais calme, je ne m'emballais pas, j'étais simplement heureux de me faire confirmer une fois de plus que je plaisais sans avoir à bouger le petit doigt, je n'allais rien imaginer de plus. D'ailleurs, je le leur ai dit. Comme il fallait que je dise quelque chose, j'ai dû leur sortir un truc comme : « C'est sympa, ça, c'est marrant. Mais, la pauvre, je ne comprends pas qu'elle ait pu s'imaginer que je pourrais répondre. Elle a peur de rien, la fille. » Et là, tu vois, je suis en train de réaliser qu'au fond de moi, je devais penser qu'elle avait du cran, d'avoir fait un truc pareil. D'ailleurs, dans mon délire idéaliste, j'ai tout de suite mis ça sur le compte de l'Italie. Je me disais que c'était bien le fait d'une Italienne, de flasher sur un mec et de lui laisser son numéro de téléphone. Je trouvais ça assez classe, en fait. Je n'ai pas pensé une seconde des trucs du genre : « Oh là là, quelle pute ça doit être, celle-là ! » Ça ne m'a pas effleuré un instant. Au contraire, je trouvais ça osé, sexy, féminin, *italien*. Et pourtant, je te jure que je n'étais vraiment pas en état. D'ailleurs, sur le moment, je pensais très sincèrement que je n'appellerais jamais, même si, quelque part dans le fin fond de ma psychologie de Don Juan contrarié, j'enviais les mecs qui auraient rappelé sans se poser plus de questions que ça et auraient profité de l'occasion. Moi, je prenais ça comme un joli hom-

43

mage, ça me rassurait sur ma capacité d'éveiller l'attention des filles, tout cocu que j'étais, et puis point, basta, au dodo, fini de rire, tu as ta tristesse et tes problèmes de couple à cuver, c'est pas le moment de faire le con, de toute façon tu n'en aurais pas le courage et puis, un numéro de téléphone laissé sur une table, ça a peut-être du chien mais ce n'est pas très sérieux.

D'ailleurs, après avoir continué à rigoler pendant deux, trois minutes sur l'épisode, j'ai changé de sujet, j'ai mis la carte dans ma poche, davantage par réflexe narcissique que dans le but de rappeler cette fille, histoire de me faire croire à moi-même, pendant les quarante-huit heures que j'allais passer à Romanze, que je pouvais mettre un peu de sel dans ma vie de mari fidèle pendant toutes ces années, puis trompeur, puis coupable, trompé, impardonnable, saccageur d'amour et coincé par la nécessité de se racheter à tout prix aux yeux de sa femme dont il avait d'ores et déjà perdu la confiance pour toujours. On a rapidement payé l'addition, remercié le serveur, et on est rentrés à pied à la maison, où mes soucis ont rapidement repris le dessus. Je n'avais pas arrêté de penser à Alexandrine, à notre dernière dispute, le matin même, juste avant mon départ pour l'aéroport. Je ne te parlerai pas non plus des raisons de cette dispute. Disons, pour faire court, que j'avais voulu faire l'homme pour la reconquérir, disons que j'avais voulu faire mon Mobalien pour régler mon traumatisme, et que je me suis planté. Rien de physique, non, non, juste des mots, un visage dur que j'ai voulu montrer et qui m'est revenu dans la gueule parce que ce n'était pas mon vrai visage. Mais, là aussi, il y a un contexte. On était logés chez nos meilleurs amis et je venais de craquer devant Grégoire, j'étais en larmes sur le balcon lorsque Alex et Lou sont arrivées plus tôt pour le dîner. J'ai craqué devant Grégoire parce que c'était la seule chose qui pouvait me faire du bien à ce moment-là, et je n'ai pas vraiment cherché à cacher mes larmes quand les filles sont entrées parce que c'était un message que je lançais à Alexandrine devant des témoins proches pour la forcer à reconnaître qu'il fallait qu'elle m'aide, qu'elle me revienne, qu'elle arrête de me faire payer, qu'avec son Mobalien elle l'avait sacrément prise, sa revanche, et qu'on pouvait peut-être repartir l'un et l'autre sur un peu de douceur, non ? En me voyant essuyer mes larmes sans trop chercher à donner le change, Alex n'a pu exprimer sa colère à l'égard de mon indiscrétion qu'en me fusillant du regard, et, pour calmer le jeu, Lou l'a aussitôt emmenée dîner dans un resto du quartier. Moi, j'ai passé la soirée seul avec Grégoire en me demandant, au-delà de mon soulagement passager, à quelle sauce je serais mangé à son retour. C'est peut-être pour ça que j'ai décidé de me coucher sans attendre Alex et que le lendemain matin, à mon réveil, j'ai décidé de lui faire la gueule : pour prendre les devants cette fois-ci, pour éviter qu'elle ne me la fasse avant

45

moi, la gueule, pour essayer une autre méthode. Et ça
ne lui a pas plu du tout, à Alex, que je joue les durs.
On s'est engueulés, j'ai continué à faire mon Mobalien en essayant d'y croire un peu et, dans mon élan,
pour tenter d'assurer un minimum de crédibilité à
mon geste, je suis parti pour l'aéroport en claquant la
porte, revanchard mais au bout du compte coupable
de laisser à son tour Alex en pleurs dans l'apparte-
ment, sans lui dire au revoir, parce que j'en avais
marre, voilà l'histoire. Bref, il s'était produit exactement l'inverse de ce que j'escomptais. Disons plus
simplement que c'était encore un problème d'incom-
patibilité de caractère, une fois de plus, d'incommunicabilité chronique entre elle et moi. Je me sentais
mal aussi pour cette raison, à Romanze, je voulais lui
demander pardon pour ce départ minable à l'aéroport, lui dire que je lui avais acheté des crèmes de soin
haut de gamme à la boutique des Frati Artigiani
l'après-midi même, que j'étais mal mais que je
l'aimais comme un fou, que je serais désormais un
mari exemplaire, que j'arrêterais même, puisqu'elle
me le demandait avec tant d'insistance, de souffrir
comme un gosse pour avoir été trompé à Kodong
avec un mec à mille lieues de ce que j'étais, qui me
faisait me sentir encore plus minable avec son buste
d'athlète et ses façons de type qui avait fait ce qu'il
avait à faire avec elle sans se prendre la tête, que je
digérerais tout ça comme un adulte responsable,
qu'elle ne regretterait plus jamais de m'avoir fait

confiance et qu'on avait la vie devant nous. Plein d'élan, impatient de lui dire toute ma bonne volonté, je demande son téléphone portable à mon père qui part se coucher, je dis bonsoir à tout le monde, et je vais m'isoler sur la terrasse, dans la pénombre, avec les lumières de Romanze en bas et, tout autour, les crêtes des cyprès qui se dessinaient dans la nuit. J'appelle à Paris, je tombe sur Alexandrine super-froide, et là, c'est terrible, rien à faire, je passe une heure et quart au téléphone à tenter de me justifier en vain, rien à faire, elle démonte un à un mes arguments, me traite de menteur, elle me démontre avec sa rhétorique implacable que je suis un monstre, et comme d'habitude, je finis par le croire moi-même et ça me fait me sentir encore plus mal, j'ai envie de mourir tellement ma culpabilité me colle à la peau et tellement il me semble que je n'en sortirai jamais. Elle me dit qu'elle n'a plus rien à me dire, qu'elle va réfléchir, qu'elle n'est plus du tout certaine de m'aimer et que ça en vaille encore la peine entre nous, et puis on raccroche. Moi, je sais bien qu'elle ne le pense pas vraiment, je sais bien qu'elle m'aime et que la fin de notre histoire est inenvisageable, je sais tout ça mais je fonds quand même doucement en larmes parce que c'est trop dur, parce qu'elle me fait payer sans discontinuer depuis trois mois et demi, elle me fait même payer de trop souffrir d'avoir été trompé par elle et son Mobalien et de lui demander en consé-quence de la douceur pour m'aider à faire passer la pilule, elle a répondu la semaine précédente à ma demande de douceur et de compréhension face à mes jérémiades : « Tu te débrouilles, tu te prends en charge, je ne suis ni ta mère ni ta nurse », je ne me suis jamais senti aussi seul, jamais dans une impasse à ce point, alors je fonds en larmes pour moi tout seul, sans bruit, pour avoir un peu moins mal, parce que j'ai fini par comprendre que, dans ces cas-là, quand tu n'as plus d'autre solution, quand ça devient trop, trop impossible, trop sans issue, c'est la seule chose à faire – parce que, tu sais, la trentaine, j'ai aussi attendu de l'avoir pour réapprendre à pleurer. Je pleure en regardant les lumières de Romanze en bas, les cyprès, la nuit, et je me dis que c'est con de ne pas arriver à s'entendre avec la femme qu'on aime devant un cadre si propice à l'amour.

Je reste une demi-heure prostré sur cette terrasse, mes pensées dans un cul-de-sac, en essayant vainement de ne penser à rien pour m'apaiser la tête. Le contraste est trop fort entre les yeux de haine qu'Alexandrine pose désormais sur moi et les râles de jouissance que j'imagine qu'elle a poussés, lorsque son Mobalien la sautait dans sa chambre d'hôtel, à Kodong. Je l'imagine lui, calme, maîtrisé, habitué, presque indifférent, et elle, tétanisée par la nouveauté, par les pectos et les bras parfaits de ce mec. J'essaye de me dire, comme quarante fois par jour depuis un mois, que c'est une situation banale, que chaque seconde quelque part dans le monde une femme trompe son mari, que nous ne sommes après tout que des animaux. J'essaye de rationaliser froidement en me disant que c'est juste une question de contacts entre deux parties du corps de deux êtres humains, de la peau, de la chair, du sang et des muqueuses, c'est tout. J'essaye d'imaginer la scène passée aux rayons X, au scanner, avec du rouge qui représente- rait les masses chaudes, deux squelettes s'agitant fré- nétiquement l'un contre l'autre, tu vois, avec les racines des dents interminables, le rictus morbide des mâchoires et les cavités oculaires, j'essaye de me dire qu'il n'y a pas de quoi en faire un drame, que l'on pourrait même en rire, j'essaye de me dire qu'Alexan- drine est un être humain comme tout le monde, fait de chair et d'os, que ce n'est pas une divinité, qu'elle n'est pas la plus belle femme de la terre ni la plus sexy, qu'il y en a d'autres, qu'elle est une femme parmi des milliards d'autres sur cette terre, je me dis : « Mais elle est qui, pour me mettre dans un état pareil ? », puis : « Mais pourquoi je me mets plus bas que terre, je suis pas n'importe qui non plus, merde ! » Je me dis : « Arrête de la sacraliser comme ça », j'essaye de relativiser à mort, mais il n'y a rien à faire, Alexandrine m'impressionne trop, elle est trop grande, trop femme, trop froide, trop distante, trop sévère, trop altière, trop intelligente, trop exigeante, trop imprévisible, trop foudroyante, trop punitive, trop crispée, trop âpre, trop perpétuellement insatis- faite de tout, trop orgueilleuse, trop agressive, pas assez généreuse, elle me souffle trop le chaud et le froid, j'ai passé trop de temps à attendre d'elle de la douceur comme le Messie, je l'ai désirée trop longtemps dans l'angoisse et la souffrance pour toutes ces raisons, trop fort, trop dans l'inaccessibilité d'elle, trop dans l'intranquillité, le cul entre nous c'était pas de la rigolade, c'était un drame, c'était devenu pour moi un vecteur d'angoisse absolue, et pas moyen de rigoler avec ça, Alexandrine n'a jamais rigolé avec ça, Alexandrine n'a jamais vraiment rigolé tout court. J'imagine sa chatte que je connais par cœur et que j'aimais plus que tout au monde investie par un autre, sans prévenir, après des années et des années de ma possession exclusive, tant d'années au cours desquelles je n'avais pas pensé un seul instant qu'elle pourrait un jour appartenir à un autre que moi, même pour trois nuits seulement. Pas elle. Pas elle, please! Une autre, O.K., n'importe quelle autre, mais pas elle, elle ne rigolait tellement pas avec ça. Et ça m'impressionnait tant, qu'elle ne rigole pas avec ça, ça m'angoissait tellement, ça me foutait une telle pression, sa sévérité là-dessus. Toute la tension qui s'était installée entre nous depuis toutes ces années, c'était en grosse partie sur ce point précis qu'elle se matérialisait. C'est pour ça que ça m'a tant tué, d'apprendre que ce salaud de Mobalien l'avait rendue folle et qu'elle aurait fait n'importe quoi pour qu'il la touche encore une fois. Non pas tant pour ce qu'il lui avait fait – elle a même reconnu plus tard, peut-être pour me faire plaisir d'ailleurs, que c'était pas si top que ça et que j'étais pas si mal au fond –, mais parce qu'il incarnait l'ivresse de la nouveauté, parce qu'il n'était pas moi. Pas elle, c'était trop violent. Si au moins ça l'avait fait me regarder avec un peu de pitié, son escapade, si au moins ça avait pu lui faire avoir un geste de douceur envers moi, si au moins ça l'avait détendue et rendue plus légère à mon égard. Bref, si au moins ça l'avait calmée et rendue sympa avec moi. Au contraire : elle me faisait encore plus la gueule qu'avant ! Elle ne me pardonnait plus, non seulement d'avoir voulu la quitter trois mois auparavant, non seulement de lui avoir sciemment gâché avec mes jérémiades sa « parenthèse enchantée », comme elle disait, mais surtout de ne pas être ce mec. C'est de me sentir ainsi mis sur la touche qui m'a le plus tué, c'est de sentir qu'elle ne m'aimait plus. Oui, ce n'était pas tant l'acte lui-même que la personnalité et le charisme d'Alexandrine rapportés à cet acte qui lui conféraient toute sa dimension dramatique, vertigineuse. En étant allée jusqu'au bout avec ce mec, en n'ayant pas fait, elle, que le bécoter et jouer à touche-pipi avec lui, elle avait pris sur moi un avantage psychologique considérable. Je sais bien que ce n'est pas la mort, un écart dans le couple. Mais là, oui, je t'assure, *c'était* la mort. Et c'est pas seulement lié à ma sensibilité particulière sur le sujet. Une autre qu'elle, plus banale, plus rigolote, moins angoissante, plus détendue là-dessus, une nana plus *normale*, ça m'aurait fait moins mal, c'est idiot de dire ça mais je suis sûr que c'est vrai. J'aurais pris le truc en pleine poire, bien sûr, j'aurais morflé, j'aurais un peu fait la gueule, j'aurais peut-être un peu chialé aussi. On se serait expliqué, sans forcément s'excuser elle m'aurait fait comprendre que c'était moi qu'elle aimait, elle m'aurait fait un câlin et tout ça aurait fini à un moment ou à un autre par une bonne séance de cul. C'est parce qu'Alexandrine était du genre qui ne rigolait pas et qu'elle avait un pouvoir absolu de vie et de mort psychologique sur moi que cet épisode banal a pris des proportions démesurées dans ma tête, aussi dramatiques. C'est juste une question de projection, d'imagination, c'est juste une question de positionnement par rapport à l'autre. Alexandrine si femme, si adulte, trop adulte, si froide, si sévère, si pleine de colère, si exigeante, si intransigeante, si impressionnante, si rude souvent, Alexandrine puissante et magnétique, à l'angoisse contagieuse, Alexandrine qui m'avait mis à ses pieds au fil des années, moi si fort et si orgueilleux, comme personne ne l'avait jamais fait auparavant ni ne l'a jamais fait depuis. Et elle le savait parfaitement, qu'elle pouvait faire de moi ce qu'elle voulait. Il était là aussi, le côté tordu de notre relation : elle faisait de moi ce qu'elle voulait, et moi, je me laissais faire, par crainte qu'elle me haïsse de me défendre, croyant lui plaire en obéissant alors que ça l'horripilait, une telle mollesse de ma part, une telle soumission, une telle impossibilité de me rencontrer, moi, et pas celui que je croyais qu'elle voulait que je sois. Entre nous, ça a toujours été fusionnel, passionnel, jamais d'indifférence. Je n'ai jamais réussi, année après année, à me lasser d'elle, tu sais. Même nos enfants passaient au second plan. C'était elle d'abord. Elle, elle, elle, toujours elle. Le temps avait beau passer, je la regardais toujours comme un môme regarde sa mère. J'étais fier de me balader à ses côtés, je la trouvais belle dans tout ce qu'elle faisait, je scrutais le moindre de ses gestes dans l'adoration : je pensais que c'était la fille qui se fringuait le mieux au monde, qui se maquillait le mieux, qui avait le plus de classe, elle qui avait le goût le plus sûr en tout, le meilleur sens de l'art de vivre, elle qui savait le mieux recevoir des invités dans une maison, elle qui savait le mieux donner une âme à une maison, elle qui parlait le mieux, que c'était la plus intelligente des femmes, la plus cérébrale, la plus fantaisiste, la plus sexy, la meilleure baiseuse – d'autant plus idéalisée qu'elle ne voulait pas de moi –, la meilleure danseuse, la meilleure cuisinière du monde et aussi la meilleure mère du monde, même si j'avais du mal à lui coller l'étiquette de *mère* tant je la trouvais bandante, plus bandante encore qu'au premier jour, de plus en plus bandante avec la maturité, que c'était elle qui prenait les meilleures décisions, d'ailleurs je la laissais toujours décider et parler à ma place tant j'étais fier d'être au bras d'une fille pareille. Tout ce qu'elle pouvait rater, tout ce qu'elle pouvait objectivement faire de mal comme tout ce qu'elle avait manqué de faire avec moi pour me prouver sa tendresse, tous ses défauts tenaces depuis le premier jour : me faire la gueule vingt heures sur vingt-quatre, me faire la leçon à tout bout de champ, savoir installer comme personne un climat de tension, compliquer les situations, l'intimidation et la culpabilisation qu'elle exerçait sur moi sans vergogne, les mots gratuits qui font mal, ses regards noirs qui me glaçaient, bien me faire comprendre que j'avais toujours tout faux, jamais contente, toujours insatisfaite, trop exigeante, trop peu de câlins, trop peu de mots doux, trop peu de regards amoureux, la versatilité, l'imprévisibilité, les ambitions velléitaires, son pessimisme chronique, l'orgueil, la violence et la colère toujours menaçantes, bref, tout ce qu'au fond de moi je réprouvais d'elle, je ne lui faisais jamais vraiment mettre le doigt dessus, tant je craignais qu'elle m'en veuille de la remettre en question, et tant, de toute façon, si j'avais tenté de la remettre ouvertement en question, elle aurait mordicus cherché à me démontrer que c'était elle qui avait raison, et tant, fatigué d'avance par la perspective d'un conflit, j'aurais fini par me taire en lui disant, et en me disant : «Tu as raison», « Elle a raison ». Bref, tout orgueilleux que je suis aussi par nature, tout surdimensionné qu'est mon ego, je me soumettais à elle comme un môme à sa môman. Et, tu sais, au bout de tant de temps, ça avait fini par me miner complètement, sans que j'ose m'avouer ni avouer à quiconque

54

une seconde que j'étais malheureux. J'avais décidé d'être et de me montrer heureux sans me poser une seule fois la question des paramètres de mon propre bonheur. La question de mon épanouissement et de mon équilibre, je ne pensais même pas à me la poser, *pas de problèmes, pas de problèmes*, je te dis. Tous les autres couples me paraissaient plus ternes, moins lumineux, moins passionnés, moins beaux que celui que nous formions Alex et moi, mais ô combien mieux équilibrés, mieux assortis, et objectivement plus sereins sexuellement. Pour paraphraser un personnage de *Plateforme*, de Houellebecq, lorsque je regardais les autres couples, certains couples d'amis, je savais qu'ils baisaient, qu'ils baisaient avec amour et avec bonheur. Personnellement, j'ajouterais « avec insouciance ». Et là, tu me diras : « Mais pourquoi tu te mettais dans cet état ? Personne ne t'obligeait à te mettre dans cet état. Qu'est-ce que tu avais à te faire payer à toi-même pour t'angoisser et t'enfermer comme ça tout seul ? » Là, tu me diras que, moi aussi, j'ai ma personnalité et que je n'avais aucune raison de me minimiser. Là, je te répondrai oui, tu as raison, tu as parfaitement raison, mais cela demanderait que je rentre dans la personnalité d'Alex et dans son histoire pour te faire comprendre en quoi elle aussi était obnubilée par moi et en quoi cela la rendait dépendante et agressive à mon égard, et en quoi je ressentais moi-même la nécessité de me minimiser pour tenter de minimiser à ses propres yeux sa totale dépendance à moi. Et, par respect pour elle, je ne veux certainement pas me risquer maintenant à te dire sur Alexandrine des trucs qu'elle n'aimerait pas que je raconte. C'était tordu, c'était complètement tordu, cette histoire. On s'est aimés comme des fous mais de façon trop tordue, en se faisant l'un et l'autre trop de mal. Je te jure, ça finissait par friser le sadomasochisme, il fallait bien qu'il y en ait un qui mette fin à ce cercle infernal, non? Ma psy a assez bien résumé l'affaire en me disant, il n'y a pas très longtemps : « En somme, vous étiez, l'un comme l'autre, en face de deux figures, de deux représentations qui vous dépassaient. » Je sais que, balancé comme ça, pour quelqu'un d'extérieur à notre histoire, pour quelqu'un de « normal », je dirais, ça n'a pas de sens, je sais bien que je ne t'éclaire pas vraiment, là. Mais, je te répète, je ne vais pas rentrer dans le détail des explications, ça prendrait des heures. Tout ça pour te dire que je n'ai pas le logiciel de la combativité dans le couple, tu sais, c'est ça mon problème. Moi, tu sais, de façon générale, je refuse de concevoir les rapports humains en termes de conflit et de domination, alors que ce n'était rien d'autre avec Alexandrine, surtout en amour. Pour moi, tu sais, l'amour avec Alexandrine, je ne pensais pas que c'était aussi la guerre, et c'est peut-être ça qu'elle attendait et qu'elle n'a jamais obtenu de moi : que je me batte comme un homme.

Tu sais ce que je lui ai dit, en plus, la veille de son départ à Kodong? – parce qu'intuitivement, tu sais, je le sentais venir, le coup du Mobalien, forcément, je le sentais venir. On était dans la salle de bains de notre maison, à Tanambo, je la regardais se préparer, j'étais assis par terre, je bandais – parce que, jusqu'au bout de notre histoire, j'ai bandé comme un âne pour elle, tu sais ? Elle venait de se faire faire un *brazilian waxing* chez l'esthéticienne – tu sais, c'est l'épilation quasi complète du sexe, grandes lèvres comprises, tu vois pas ? Je trouvais bien sûr ça pas anodin du tout, de se faire épiler comme ça la veille d'un départ en vacances sans moi ni les enfants, c'était certainement pas pour moi qu'elle le faisait puisque cela faisait trois mois qu'elle refusait que je l'approche après l'épisode avec la chanteuse, j'étais pas fier, et tu sais ce que je lui ai dit ? Je lui ai dit : « Alex, si tu me trompais à Kodong, après ce que je t'ai fait, je le comprendrais très bien, ce serait la moindre des choses. » Sur le moment, comme je te disais, je ne savais plus quoi dire ni quoi penser pour me racheter, j'étais prêt à tout pour lui faire oublier un peu mon coup de poignard dans le dos et lui faire cesser d'attiser chaque jour chez moi un sentiment de culpabilité intenable. Et là, je réalise qu'entre les mots et les actes, entre la projection et la réalité, il y a un monde. Je réalise que je ne suis qu'une grande gueule, que je n'ai jamais autant souffert de ma vie que ce jour de début août où, une semaine après son retour de Kodong, entre deux paniers de basket avec les enfants dans la cour de notre maison, le cœur battant j'ai découvert en fouillant dans l'un de ses carnets intimes qu'elle s'était prise de passion charnelle pour un autre que moi, qui lui parlait anglais, qu'il l'avait rendue complètement dingue de son corps d'athlète, de sa bouche et de sa bite, qui jouait l'indifférent, qui la laissait l'attendre sans donner de nouvelles là-bas, qui lui faisait passer des nuits blanches à l'attendre, qui la rendait folle au point qu'elle disait être capable de parcourir jour et nuit tout Kodong à sa recherche. J'ai ouvert en tremblant ce carnet qui traînait bien en évidence sur le bureau parce que je savais que j'y trouverais tout ce que je subodorais depuis une semaine et qu'il ne fallait pas que je sache, j'ai lu, j'ai lu des mots amoureux pour un autre que moi, des mots avec, déjà, à l'intérieur, toute la distance et toute l'indifférence consommées vis-à-vis de moi, des mots avec dedans l'obsession de celle qui souffre, qui ne mange plus et ne dort plus parce qu'elle est amoureuse, j'ai lu et là, je te jure, j'ai cru défaillir, littéralement, *j'ai cru défaillir*, je comprends parfaitement l'expression maintenant, il n'y a pas d'autre mot. C'est comme une explosion instantanée dans ton sternum, tout de suite suivie d'une espèce d'onde de choc claire qui t'atteint directement à la racine des cheveux en te laissant exsangue sur son passage, comme une espèce de morphine sourde et fourbe que tu ne peux pas stopper et qui s'installe dans tes veines. En une demi-seconde, je suis devenu du coton de la tête aux pieds : c'est le ciel bleu, les bananiers du jardin, les bruits des gosses du quartier dans la rue, c'est tout l'univers qui pète d'un coup dans ta tête, où plutôt, c'est toi qui exploses dans un univers qui, lui, fait comme si de rien n'était, avec le ciel qui continue à être bleu, les rames de bananier qui continuent à se balancer lentement dans la brise du soir et les gamins du quartier qui continuent à jouer au foot. Là, toi, tu joues plus, là tu comprends qu'on puisse se prendre les tempes dans les mains et hurler de douleur, tout casser autour de soi et aller se foutre sous les roues de la première bagnole venue, que ce n'est pas qu'au cinoche que ça arrive, que les acteurs n'ont rien inventé. Tu découvres les sensations extrêmes de l'humain, tu te découvres vivant, fragile, tu oublies ton ironie fadasse d'avant les problèmes et tu en prends plein la gueule. J'étais seul avec mes enfants, le soleil se couchait, il faisait un crépuscule magnifique, le ciel était tout embrasé de rouge vif, Alexandrine était sortie faire quelques courses, je suis retourné jouer au basket et à la marelle avec eux comme un zombie pour ne surtout pas m'allonger sur le sol de ma salle de bains et ne plus jamais me relever – j'ai un instinct de conservation en béton, je te dis. Je sautais comme un fou sous le panier pendant que la nuit tombait comme une pierre, je rigolais comme un fou, j'applaudissais comme un fou sitôt que mon fils mettait un point ou que ma fille réussissait un aller et retour complet sur sa marelle, c'était ma façon à moi de refuser la réalité, j'ai continué à jouer tout seul comme un fou dans la nuit noire quand mes enfants sont rentrés dans la maison, je gesticulais comme un possédé en guettant du coin de l'œil le retour d'Alexandrine, en courant comme un dératé au portail toutes les trente secondes dans l'espoir maso de revoir son visage absent de femme adultère que j'aimais comme un malade, ça a bien été, je crois, la pire heure de ma vie. Et moi qui, n'y étant jamais allé, considérais Kodong sans passion particulière, juste comme une capitale à visiter parmi d'autres, moi qui jusque-là n'associais à Kodong que d'inoffensifs clichés de cartes postales, que de vagues temples ornés, des bouddhas dorés, une cuisine raffinée à l'odeur de citronnelle et une lutte violente où les coups de coude et de genou sont permis, eh bien j'ai commencé à la prendre dans la gueule, cette ville. J'ai commencé à la haïr comme on hait tout seul dans son coin un concurrent trop fort mais qui ne te veut finalement aucun mal, qui vit sa vie tranquille, indifférent à ta petite haine minable. Kodong, c'était trop fort pour moi, surtout considéré depuis mon trou perdu de Tanambo, à sept mille kilomètres de là, tu vois. On aurait habité à Paris, je dis pas. J'aurais pu, à la rigueur, me dire qu'elle s'était fait son petit caprice exotique. Mais là, moi, c'est de Tanambo que je me prenais Kodong dans la gueule. Parce que je les connais, ces grosses villes asiatiques : Singapour, Djakarta, Kuala Lumpur, j'y suis déjà allé dans celles-là, on y a même voyagé ensemble, avec Alexandrine, ça nous fascinait tous les deux, on adorait ça. Je connais, je vois tout de suite à quoi ça renvoie : c'est le cœur de la planète, ces villes-là. Vu d'Europe, avec notre ethnocentrisme, on ne s'en rend pas bien compte. Mais, quand tu y es, tu comprends tout de suite que c'est une autre dimension, qu'on ne t'avait pas décrit ça comme ça, ou que tu n'y croyais pas vraiment en entendant les gens te le décrire comme ça, tu comprends immédiatement qu'en Europe, c'est toi qui es loin du monde. C'est énorme, urbain à mort, high-tech, modernissime et bordélique à la fois, c'est international, c'est pas que les vieux schnoques bedonnants venus se taper des putes, c'est pas que ça du tout, c'est plein de jeunes expatriés anglo-saxons de bonne famille et de beaux touristes, plein d'une belle jeunesse internationale venue là pour s'éclater et vivre sa jeunesse, c'est toutes les langues, c'est la meilleure bouffe du monde, c'est romanesque à mort, c'est énorme, c'est des ambiances de films avec des cantines sonores éclairées au néon, des centres commerciaux énormes, des flots de gens, de sons, d'odeurs, de moiteur, des ciels chargés d'orage, des ciels lourds et puissants gavés d'humidité tropicale dans la pollution, c'est démesuré, c'est des lieux faits pour l'aventure, pour les rencontres en coup de vent et pour les passions, les passions sexuelles et les passions tout court, c'est l'aventure tout court, c'est des coins qui peuvent changer ta vie, te faire voir la vie autrement, c'est énorme, je te dis, énorme, bref, un cœur de la

planète comme ça considéré depuis Tanambo cloche-
merle, à sept mille bornes de là, c'était trop pour moi.
Je te jure, c'est une sensation, ces capitales du Sud-
Est asiatique. Faut y être allé pour comprendre à quel
point tu te sens petit et hors du coup de t'être fait
tromper là-bas par ta femme pendant que toi, tu
cuvais ta culpabilité dans le trou du cul du monde. Et
elle a fait ça sans moi, là-bas, dans ce truc énorme qui
me fascinait autant qu'elle. Se faire baiser à Kodong,
c'est pas rien. Ils ont été en boîte ensemble là-bas, au
resto ensemble, ils ont pris des rickshaws et le métro
ensemble, là-bas, ils ont marché ensemble sur les
trottoirs main dans la main en dépassant d'une tête
les autres passants, elle ne dormait pas dans l'attente
de ses coups de fil, elle en avait même perdu l'appé-
tit, son absence la rendait folle, elle vivait pour le
revoir, elle l'a pris en photo nu sur le lit de sa
chambre, elle a écrit dans son carnet qu'elle aurait
adoré se faire troncher par lui dans les chiottes pendant les moments forts d'un match de lutte shogane,
ça l'excitait, elle s'est projetée partout avec ce mec là-
bas, Kodong, pour elle, c'était lui, ils ont fait tous les
deux je ne sais pas quels trucs qui en ont fait les rois
du monde pendant tout le temps qu'ils y ont passé
ensemble. Elle a vécu son histoire de passion charnelle sans moi, de passion tout court, elle a été folle
du corps parfait et de l'indifférence de ce mec dans sa
chambre d'hôtel climatisée pendant que, dehors, le
cœur de la planète s'agitait. Et, aujourd'hui, tu sais,

faut plus me parler de Kodong, faut plus me parler des derniers films sortis au cinoche en Europe que tu peux te faire graver là-bas en DVD en un quart d'heure dans la rue pour 5 dollars seulement, des super-imitations de je ne sais pas quelles marques : Kodong, pour moi, désormais, c'est Alexandrine et son Mobalien qui baisent en anglais comme deux titans du cul en plein cœur de la planète.

Je prenais dans la gueule Kodong comme je prenais dans la gueule ce Mobalien qui ne me voulait strictement aucun mal, qui se contrefichait royalement de moi et dont le seul point commun qu'il voulait bien se reconnaître avec moi était qu'il était venu baiser ma femme pendant trois nuits dans sa chambre d'hôtel. J'ai commencé par avoir la nausée à la seule évocation du pays Mobali qui ne m'avait rien fait non plus, par avoir la nausée devant les grands beaux blacks anglophones baraqués, par avoir la nausée en écoutant la musique R'n'B sur laquelle ils avaient dansé et s'étaient embrassés en boîte, par être tout particulièrement nauséeux sur la chanson *Spinning 2gether* des Marronese Phunkers, qu'elle avait mise le jour même de son arrivée dans notre lecteur de CD, avant même de finir de déballer ses valises, avec son regard absent, indifférent, encore là-bas, avec ses sourires de compassion lointaine à mon égard, avec ses soupirs impuissants et agacés, comme pour se rappeler les moments où, sur le dancefloor de cette putain de super-boîte de nuit de Kodong, il la faisait si bien bouger et tourner, lui. Je dis ça parce que, sur la chanson des Marronese Phunkers, pendant qu'elle déballait ses affaires et dansait avec son air absent ce jour-là, sur cette chanson, moi aussi, j'essayais de danser, j'étais en slip, j'essayais de lui faire la fête et de lui sourire tant que je pouvais, même si, sans encore avoir posé les yeux sur ce putain de carnet, je sentais déjà qu'elle pensait à un autre homme et que, ses demi-sourires et ses soupirs lointains, ce n'était pas à moi qu'ils étaient destinés. La preuve, pendant qu'elle passait *Spinning 2gether* sur la platine, me voyant m'escrimer comme un cocu en slip à lui plaire sur le pauvre carrelage de notre salle à manger, me voyant singer pauvrement les beaux danseurs blacks de R'n'B qu'elle passait des heures à regarder sur *Brozasound TV*, me voyant quand même faire mes pauvres efforts pour lui plaire et paraître sexy alors qu'un pressentiment atroce commençait déjà doucement à me démolir sous mes sourires immenses et trop crispés, par pitié sans doute elle a fini par venir vers moi et me dire : « Vas-y, fais-moi tourner un peu, voir. » Alors, moi, tout en décelant immédiatement le ton de défi dans sa voix, tout en tremblant comme un cocu, tout en sachant déjà sans savoir, tout en décryptant avec une acuité animale ses regards et ses sourires d'une nostalgie qui s'adressait à un autre, tout en sachant que ce serait quitte ou double pour moi de tenter de la faire tourner aussi bien que lui, tout en sachant que c'était perdu d'avance, eh bien j'ai quand même essayé de la faire tourner, j'ai osé m'avancer vers elle et lui prendre la main, j'ai quand même continué à sourire comme un fou et à m'appliquer comme un cocu à la faire tourner. Et, au bout de quinze secondes montre en main, tu sais ce qu'elle m'a répondu ? Elle s'est détachée doucement mais fermement de mes bras en soupirant, elle a détourné les yeux avec un rictus de dépit et elle m'a juste dit : « Laisse tomber. » Le pire, tu sais, le pire c'est que, tout démoli que j'étais par cette phrase, j'ai pas arrêté de danser. J'étais un pauvre petit Blanc de taille et de poids trop moyens, coupable et cocu sur le carrelage de la salle à manger, et je continuais à danser quand même en slip, exactement comme la poule décapitée dans sa basse-cour, idem. Elle a dû la repasser vingt fois, la chanson, Alexandrine. Et, vingt fois, j'ai dû fuir ses regards et ses soupirs absents pour ne pas aller me jeter à ses pieds et lui hurler de m'avouer qu'il y en avait un autre que moi et que ce n'était pas la peine de nier, que ça se sentait à des milliers de kilomètres, qu'elle était tombée amoureuse, et qu'elle m'en voulait d'avoir eu à revenir au bercail, dans ce trou du cul du monde de Tanambo, que ça s'était vu dès sa descente d'avion, sa descente d'avion que je scrutais comme un cocu depuis les baies vitrées de l'aéroport de Tanambo. Lunettes noires, altière, sévère, sexy, froide, intransigeante, considérablement amincie, moulée dans des fringues que je ne lui connaissais pas, look de star R'n'B mélancolique et boudeuse, visage fermé, elle avait descendu les marches de la passerelle beaucoup plus lentement qu'à son habitude, yeux baissés, sans un seul regard vers les baies vitrées où je l'attendais avec les enfants, sans hâte de retrouver personne, avec juste la lenteur de celle qui voulait rester dans l'avion et repartir en sens inverse pour aller retrouver l'ivresse de cette putain de capitale asiatique où elle était allée acheter de la lingerie sexy pour lui plaire à lui, où elle s'était fait embrasser avec la langue, sucer les seins, doigter la chatte et pénétrer en anglais dans toutes les positions dans ce putain d'hôtel climatisé pendant trois nuits par ce putain de Mobalien qui se fringuait et dansait comme R. Kelly et qu'elle avait non moins touché, embrassé et sucé dans toutes les positions. Ce coup du « Fais-moi tourner » et celui du basket dans la cour avec les enfants, ce sont les pires heures de ma vie. Pire encore que ce moment de la chanson que je lui ai chantée, toujours ce fameux jour de son arrivée, que j'avais prévu de lui chanter pour, une énième fois, tenter de me faire pardonner ma saloperie d'il y avait trois mois et dont je ne me remettais pas davantage qu'elle, une belle chanson d'amour en portugais dont j'avais répété pour elle les paroles, la prononciation et la mélodie par cœur tout au long de la semaine dans ma chambre et que je lui ai chantée le soir en guise de bienvenue, dans la salle de bains, en m'appliquant comme un cocu, que j'ai chantée spécialement pour elle, en prenant mon souffle, le plus juste possible, en la regardant droit dans les yeux, avec une terrible envie de pleurer dans les miens en pensant à ce que je lui avais fait, avec une voix aiguë à la Curtis Mayfield parce qu'elle m'avait dit un jour qu'elle aimait bien m'entendre chanter aigu, sauf que, ce soir-là, sans doute pleine encore de la voix de basse de son Mobalien dont elle a écrit dans ses carnets que le timbre « black » la rendait folle, sans doute aussi parce que je ne suis pas Curtis Mayfield, il faut bien le reconnaître, sauf que ce soir-là, donc, elle a brusquement cessé de lui plaire, ma voix aiguë. À la fin de la chanson, elle m'a fait un immense sourire, un immense sourire de pitié qui sonnait faux comme tout, en me disant, cette fois, avec une douceur de coup de grâce : « C'était bien, merci, tu es gentil, je te retrouve bien là. Mais tu devrais essayer de chanter plus grave, ce serait beaucoup mieux. » Pire encore que le lendemain soir, où, ayant décidé de l'emmener en amoureux au restaurant, prendre un verre puis danser pour lui montrer à quel point je tenais à elle et combien je voulais fabriquer du bonheur à tour de bras pour tenter de lui faire croire à nouveau en nous, où, me voyant pleurnicher doucement de vraies larmes sur les coups de minuit en évoquant moi-même tout le mal que je lui avais fait, elle m'a tendu sans me regarder un mouchoir par-dessus la table basse où étaient posés sa caipirinha et mon punch coco. Pire encore que ce moment où, une heure après le bar, en chemin vers la discothèque, dans la voiture, me prenant pour la deux cent cinquantième fois dans la gueule et dans le ventre son silence, son air absent et ses soupirs lointains, je lui demandais pour la trois ou quatrième fois de la soirée avec ma petite voix doucereuse de cocu putatif si elle était sûre que tout allait bien et que, froidement excédée, elle a fini par bien vouloir tourner son visage vers moi, elle a bien voulu braquer sur moi ses yeux qui savaient si bien me terrasser et elle m'a accordé un : « Écoute, il va falloir que tu arrêtes de me demander si je vais bien toutes les cinq minutes parce que, si tu continues, je vais vraiment finir par m'énerver et ça ira effectivement mal. Alors ne gâche pas tout, s'il te plaît. Si je te dis qu'il n'y a pas de problème, c'est qu'il n'y en a pas. » Pire encore, enfin, que cet autre fameux samedi midi où, assis à ses côtés sur le rebord de notre lit, n'y tenant plus depuis une semaine que j'avais découvert l'existence du Mobalien dans son carnet bleu de voyage et que je morflais tout seul dans mon coin pour ne pas trop la déranger, que je morflais tout seul aussi bien parce que je ne voulais pas la déranger que parce que je comprenais désormais parfaitement ce qu'elle avait pu ressentir avec le coup de la chanteuse et qu'il était en conséquence impossible qu'elle me pardonne jamais tout à fait, où donc j'ai fini par la supplier de me dire la vérité, de me dire qu'il y avait quelqu'un, que j'avais besoin d'entendre de sa bouche la vérité parce que, même si je savais, même si j'étais sûr, même si j'avais des preuves, je ne pouvais pas être tout à fait sûr tant qu'elle ne me le disait pas, elle, et que ça faisait encore plus mal que la vérité crue, ce doute qui n'en était plus un. Où, la voyant nier l'évidence pour la cinquantième fois avec un aplomb vengeur, limite sadique, me sentant moi-même devenir de jour en jour une loque de larmes et de souffrance, j'ai fini par user d'une arme tout à fait hors concours, tout ce qu'il y a de moins franc jeu, je le reconnais. À bout d'arguments, je lui ai dit : « Jure-le moi sur la tête des enfants, qu'il n'y a personne. » Où, après deux ou trois secondes d'un brusque silence qui disait déjà tout, elle a eu cet irrépressible sourire de délivrance, son premier vrai sourire depuis son retour, un sourire qui lui permettait enfin de penser à son Mobalien au grand air, où donc elle a eu ce sourire et m'a dit : « Non, là, je peux pas, les enfants, je peux pas. Oui, il y a eu quelqu'un », où l'entendre doucement de sa bouche avec ce sourire soulagé et heureux m'a fait l'effet d'un coup de canon dans le cœur, m'a fait sur le coup tomber du lit et hurler des larmes en m'adressant au plafond, je te jure, je suis naturellement tombé à la renverse sur le sol, sans me forcer, et j'ai hurlé « Noooooooon!!!! » deux ou trois fois de suite avec mes doigts crispés dans mes joues, exactement comme dans les films, mais sans mise en scène, sans théâtralité, sans même penser une fraction de seconde que mon geste et mon cri pouvaient faire penser à une mauvaise scène de mauvaise série télé. Je suis tombé et j'ai hurlé en voulant me broyer le visage de mes doigts, en m'arrachant les cheveux, en sentant que mes joues et mon front venaient d'un coup de se vider de tout leur sang. Trop de douleur, je te dis, tout ça. Trop de douleur dans des petits détails à la con de ce genre, dans des accumulations de ce genre qui n'y sont pour rien mais qui ne te lâchent plus.

Tu vois donc un peu l'état dans lequel je suis, sur la terrasse de mon père, juste après ce coup de fil déprimant à Alexandrine. Je regarde Romanze et les cyprès en essayant de ne plus penser à rien pour ne pas aller me foutre dans les eaux noires du Fiume. Et puis, il se passe un truc qui te prouve que, là aussi, les scénaristes de cinoche n'ont rien inventé. Je te jure, ça s'est passé comme ça, je n'exagère rien. Je suis sur la terrasse, il est plus d'une heure du matin, je décide d'aller me coucher, je me lève, j'ai le téléphone portable de mon père dans une main et machinalement, sans rien préméditer, je mets l'autre dans ma poche et mes doigts rencontrent un truc auquel je ne pensais plus : le bristol du resto. Excuse-moi cette platitude, mais j'ai envie de dire que c'est dingue, la vie, j'ai envie de redire qu'il n'y a *vraiment* pas de hasard. Non, c'est vrai, si tu te penches deux minutes sur l'agencement des événements, il y a de quoi te mettre à l'astrologie, à la magie, aux sciences déterministes, aux sciences occultes, à tout ce que tu veux. Tu imagines que je n'avais que *deux* jours pour qu'il m'arrive ce qui m'est arrivé? La veille, j'étais encore avec Alexandrine à Paris et, un jour et demi plus tard, je l'y rejoindrais à nouveau et puis on repartirait pour Tanambo retrouver nos enfants et le quotidien. C'était le seul moment de l'année, hormis Kodong fin juillet, que je ne passais pas avec elle. Et c'est lors de ma première soirée en célibataire de l'année que je reçois ce mot. C'est dingue, non? Tu trouves pas, toi?

Et là, je dirais bêtement que ce n'est pas moi qui ai décidé de faire ce que j'ai fait. Tout au long de toutes ces années de mariage, je n'ai pas trompé ma femme une seule fois et je me suis rendu indisponible, j'ai verrouillé toutes mes tentations au point qu'aucune fille n'a vraiment tenté quoi que ce soit de vraiment sérieux dans ma direction. Et pourtant, crois-moi, ce ne sont pas les occasions qui auraient manqué. Donc, primo, je ne sais pas quelles ondes j'ai pu dégager ce soir-là pour recevoir ce carton sur ma table. Secundo, je ne sais pas ce qui m'a pris d'appeler cette fille. Le précédent avec la chanteuse à Tanambo? Ce côté «J'ai goûté une fois à l'interdit, je récidive »? L'instinct de survie? La main d'un ange gardien? La vengeance? L'orgueil? Un peu de tout ça? Je n'exclus plus rien, aujourd'hui, tu sais. Tout ce que je peux dire, c'est que je ne me suis pas posé longtemps la question, j'ai repris le téléphone, je suis rentré dans la maison et, pour ne pas réveiller, je suis allé m'enfermer dans la pièce à linge, au milieu de la table à repasser, des cuvettes en plastique, des paquets de lessive et de la machine à laver. Même cette remise, d'ailleurs, sans fenêtre, éclairée par une ampoule nue, eh bien aujourd'hui, ça reste un super-souvenir. Et donc, là, j'ai composé calmement le numéro inscrit sur le carton.

Ça a dû sonner cinq ou six fois avant qu'elle décroche. Je me disais qu'un samedi soir, à une heure du matin, une fille qui laissait son numéro de téléphone sur la table d'un inconnu ne devait très certainement pas encore être couchée, que sa nuit ne faisait même que commencer. J'imaginais qu'elle serait dans une boîte de nuit, un truc comme ça, avec plein de copains autour d'elle, et qu'elle entendrait très mal ce que je lui dirais. Moi qui ne drague jamais, le désespoir me rendait prêt à tout. Je me sentais brusquement d'humeur à affronter n'importe qui au bout du fil, à jouer, à frimer, à faire le Don Juan graveleux, n'importe quoi. Le téléphone sonne cinq ou six fois, je me dis qu'elle n'entend pas à cause de la musique ou d'un excès d'alcool, j'attends que sa messagerie se déclenche pour laisser tomber, et là, quelqu'un décroche. Pas de rythme techno dans le fond, pas de klaxons, pas de rires sonores de potes, rien, pas un bruit, juste un *pronto ?* inquiet de femme à la voix très rauque et très grave que manifestement je tire de son sommeil. Je reste très maître de moi, très fluide, je prends mon timbre le plus « mâle tranquille » pos-

sible, je demande : « Alice ? Do you speak english ? »
Elle me répond un « Just a little bit » sans accent, je
pense « Just a little *bite* » et je lui dis que je suis le gars
du resto à qui elle a laissé une carte deux ou trois
heures auparavant. Je sens un silence surpris, un large
sourire de surprise un peu gêné à l'autre bout, et
j'enchaîne directement en lui demandant si je la
réveille. Elle confirme, je m'excuse, elle me dit de ne
pas m'excuser, qu'elle dormait profondément et
qu'elle pensait que c'est dans le rêve qu'elle était en
train de faire que le téléphone sonnait, pas dans la
réalité, et qu'elle se demandait encore un peu, là, si ce
n'était pas son rêve qui continuait tant elle s'était
endormie profondément au retour du restaurant, et
tant mon appel lui semblait irréel à cette heure de la
nuit. Ça démarre sur ce genre de truc, tu vois, il y a
quelqu'un à l'autre bout du fil, il y a une présence, un
interlocuteur possible. Elle m'avoue d'ailleurs immédiatement sa gêne vis-à-vis de son geste, elle me dit
en riant : « Je ne sais pas ce qui m'a prise, je n'ai pas
du tout l'habitude de faire ce genre de chose, tu sais. »
Moi, dans une optique cette fois plus ajustée de
« séducteur en douceur », je lui dis que ce geste, loin
de me choquer, m'a au contraire beaucoup intrigué.
Je ne vais pas te refaire la conversation mais, en gros,
ça a bien duré vingt, vingt-cinq minutes, au cours
desquelles, sans ressentir la moindre gêne, de façon
très directe, entre badinage et réelle curiosité l'un
pour l'autre, on s'est échangé deux, trois infos essen-

tielles : elle est beaucoup plus jeune que moi, elle est montanaise mais est venue cette année étudier provisoirement la neuropsychologie à l'université de Romanze, elle ne parle pas un mot de français et son copain vit à Monte, où elle retournera définitivement s'installer dans quelques jours. Moi, je suis français, j'ai dix ans de plus – c'est la première fois que je me suis senti vieux, ça fait un drôle d'effet, je te jure –, je suis marié, deux enfants, je vis et je travaille à l'autre bout de la planète, et je ne suis de passage à Romanze que pour deux jours seulement, pour rendre visite à mon père, ma belle-mère et mon petit frère que je ne vois qu'une fois par an, en coup de vent, oui, c'était eux à table avec moi au resto. Elle n'en revient pas, que je sois marié, deux enfants, me dit qu'en me voyant, on ne peut pas l'imaginer, qu'elle m'aurait donné vingt-sept ans à tout casser. Je lui dis que j'aimerais bien la rencontrer avant de partir, mais c'est pour la forme, je me demande au même moment si j'en ai vraiment autant envie que ça. Elle me demande ce que je fais le lendemain, je lui dis qu'on a prévu avec mes parents de faire un tour dans les environs de Romanze, je lui dis que je pourrais peut-être la rappeler à mon retour, je reste super-vague, en fait, je ne sais plus très bien ce que je veux, je voudrais aller me coucher, je ne suis plus vraiment d'humeur et je finis par le lui dire, par lui dire de ne pas attendre mon appel, que je verrai bien, peut-être lundi, avant l'aéroport. On se quitte émoustillés par la conversation mais sur une promesse trop vague, un peu en queue de poisson. *Vague, queue de poisson,* je fais des jeux de mots involontaires, excuse-moi. Donc, je vais dans ma chambre, où je retrouve mes affaires à peine déballées sur mon lit une place. Je me couche, je ferme les yeux. Pour la première fois, la confusion est un refuge, elle brouille ma douleur, je m'endors.

Le lendemain matin, toujours ce ciel bleu mûr de fin d'été. Il fait doux et ça m'adoucit. Réveil, douche, bonjour tout le monde, petit-déj' sur la terrasse, cyprès de Toscane, façades ocres et tuiles rouges, café, tartines, confiture, une vraie pub Ricoré, l'Italie fait du bien. Je raconte à table que j'ai finalement appelé la fille, je veux me la jouer détaché, je minimise, je veux me la jouer joueur, léger, sous contrôle, irréductible, cœur sans pitié. On n'insiste pas. Mon père et ma belle-mère ne me disent rien. Ils ont bien compris que je ne vais pas bien du tout et personne ne sait trop quoi penser de tout ça. On retient son souffle, on est inquiet de mon état, on me sent à deux doigts de la dépression nerveuse, on compatit impuissant, c'est le maximum qu'on puisse faire et c'est déjà beaucoup, je le leur dis, c'est déjà beaucoup ce que vous faites, merci de m'avoir écouté. Au programme de ce dimanche, finalement, pas de balade autour de Romanze mais un tour à la piscine olympique, du côté du campus universitaire. Et, là encore, le dépaysement. Les complexes sportifs, en Italie, ils ne rigolent pas avec ça. En Italie, d'ailleurs,

75

on ne rigole pas avec le sport, tu as remarqué ? On a toujours sur eux un ou deux rangs d'avance au tableau des médailles des Jeux olympiques, mais n'oublions pas que la plupart de nos sportifs de haut niveau ne sont pas franco-français, je veux dire blancs. Alors qu'en Italie, t'as remarqué, tous les sportifs sont blancs, dans toutes les disciplines. Regarde leur équipe nationale de foot : onze joueurs, onze Italiens, onze Blancs de souche italienne. En France, onze joueurs, quatre Blancs grand max. Je ne fais pas de racisme, là, je m'en tape qu'ils soient blancs ou noirs, les Français sportifs de haut niveau, je trouve ça plutôt classe et valorisant pour notre image d'ouverture, même, des sportifs de haut niveau blacks. Non, je voulais simplement faire la remarque, sans hypocrisie, preuves à l'appui, que les Italiens blancs sont plus performants en sport que les sportifs français blancs. L'Italie n'est pas une terre d'accueil, de toute façon, on sait bien que les étrangers, c'est pas trop leur truc, aux Italiens. À la piscine, par exemple, t'as que des Blancs. Les racailles, à la piscine, c'est pas les immigrés comme chez nous, c'est des Italiens blancs, comme en Angleterre les racailles ne sont pas les Indiens ou les Jamaïcains mais les jeunes Blancs des quartiers défavorisés. En France, le phénomène s'exerce dans des proportions inverses, je ne vois pas pourquoi ce serait un tabou de le dire, c'est comme ça. Et puis, j'ai l'impression que les Italiens ne cultivent pas une mauvaise conscience à l'égard de leurs immigrés, ils assument parfaitement leur racisme primaire et leur rejet des immigrés, ils marquent leur territoire, souvent au prix d'une intimidation pas très cool, d'ailleurs. Sur le sujet, la mauvaise conscience n'est pas aussi ancrée que chez nous dans les esprits. Là aussi, s'il te plaît, ne vois aucune remarque douteuse dans mon propos, j'observe, c'est tout, et je dis ce que j'observe, je pointe les petites différences le plus honnêtement possible, je fais pas de politique, j'appelle un chat un chat, c'est tout.

Bref, la piscine. T'avais les maîtres nageurs assis sous leurs parasols, avec eux aussi des lunettes, des claquettes de plage, des couleurs de shorts et des coupes de cheveux pas croyables, introuvables en France, un peu comme celles des gardes du corps des narcotrafiquants dans *Deux flics à Miami*, je sais pas si tu vois. Décontraction naturelle, la frime dans le sang, le contact naturel avec le public. T'as pas remarqué, en Italie, la facilité de contact entre les gens ? Les clients et les serveurs au resto, le chauffeur du bus et les passagers, les flics et les automobilistes : les gens s'adressent la parole beaucoup plus spontanément que chez nous, un peu comme dans les pays du tiers-monde, avec politesse et respect, sans méfiance ni appréhension. On se parle comme on parle à des proches, sans prendre de gants. Mon père, ma belle-mère et mon frère sont allés faire des longueurs dans la piscine, et moi, je reluquais comme à dix ans le bassin aux plongeoirs. Quand je vois des plongeoirs quelque part, j'ai dix ans. D'ailleurs, quand on me propose d'aller me baigner dans un endroit que je ne connais pas, je demande toujours : « Il y a des rochers, pour plonger ? » Un beau bassin, avec des tremplins de deux, cinq, sept et dix mètres, j'adore ça. Dans ces cas-là, je perds toute inhibition, je fonce et, s'il y a des gens tout autour, je deviens même volontiers ostentatoire. Personne ne plongeait, le bassin était parfaitement disponible, tout bleu tout propre, alors je suis monté directement à cinq mètres et j'ai fait un saut de l'ange carpé. J'ai enchaîné sur le deux mètres avec un salto, puis un salto arrière, puis un double salto. Je sentais les groupes de jeunes mecs allongés sur leurs serviettes qui commençaient à regarder, les maîtres nageurs appréciaient par hochements de tête, bref, j'étais assez fier de frimer avec succès au pays de la frime – en France, tu vois, j'aurais eu droit à des petits commentaires par-derrière du style : « Il se la joue, il se prend pour qui ? », mais pas en Italie. Et là où je leur tire mon chapeau, aux Italiens, là où je dis *respect*, c'est que les mecs ont un authentique esprit mâle de compétition. Au bout d'un quart d'heure de mes petites démonstrations faussement détachées, t'as un mec qui s'est levé. Il a enlevé ses lunettes de soleil, il a marché vers le plongeoir comme un coq et il est directement monté au sept mètres. C'est haut, sept mètres, tu sais. Visiblement, le gars, il n'avait pas l'habitude, ça se voyait à la façon qu'il avait de regarder en bas, comme s'il refusait d'avoir peur. Le mec, il s'est mis au bord du tremplin, dos au bassin, il s'est retourné, a jaugé la hauteur en en profitant pour s'assurer d'un coup d'œil express que je regardais comme tout le monde, il a vaguement hésité deux secondes et puis il a fait un salto arrière, le con. Sept mètres, un salto sec comme tout, raide, sans maîtrise de la réception, comme ça, faut le faire parce que, si tu te rates, d'une hauteur pareille, tu peux facilement te péter la colonne vertébrale. Il était moche, son salto, mais il avait eu les couilles de le faire, le mec, rien que pour remettre à sa place un autre mec – moi – qui, pendant un quart d'heure, avait fait le beau à sa place. Eh bien, tu vois, moi, ce genre de réaction, j'adore. T'en as qui peuvent trouver ça complètement con, moi je trouve que ça a de l'allure, ce côté taureau buté.

Pourquoi je te raconte ça ? Juste pour te dire que, tout compte fait, j'étais bien, au bord de cette piscine. Il faisait un soleil sans tache, le temps s'était arrêté, je me faisais bronzer seul sur ma serviette dans un semi-coma en regardant le ciel illimité, en pensant à des images en noir et blanc du cinéma italien des années cinquante. L'effet conjugué de l'eau, du vent doux, du soleil, du clapotis, des reflets turquoise du bassin et des interjections en italien dans l'air était pour moi le meilleur des remèdes. Bronzé, mouillé, en maillot, cheveux longs, tablettes de chocolat, un peu mince mais pectos jouables, pas un poil de graisse, à nouveau conscient d'être gossbo, je rechargeais pour la première fois depuis bien longtemps les batteries de mon ego, j'oubliais le Mobalien, ça me faisait un bien fou. J'ai donc tout naturellement repensé à ma conversation de la veille avec Alice, et, me disant que je ne savais absolument pas comment se solderait ce dimanche absolument open, je me suis mis à toutes fins utiles à faire des pompes et des abdos. Mon père, ma belle-mère et mon frère sont venus me rejoindre après leurs longueurs. Vestiaires, douches. Quand mon père a réactivé son portable, un texto avait été laissé dans la nuit qu'il n'avait pas remarqué. Tiens, je crois que c'est pour toi, il m'a fait, toujours avec ce même air de ne pas savoir quoi penser de la situation. Il m'a tendu le portable : un message d'Alice me disait : « Si tu n'es pas loin, on pourrait peut-être se rencontrer maintenant. » Cette persévérance me séduit et me décide, je lui envoie un mot la prévenant que, finalement, je reste en ville ce dimanche.

Après un court échange de SMS, on convient elle et moi d'une heure de rappel dans l'après-midi. Je rentre en taxi avec mes parents, on prépare le déjeuner, on mange tard sur la terrasse. Ensuite, pendant que les autres font la sieste, je tue calmement le temps, comme avant un examen important mais qu'on appréhende avec confiance : je me lave longuement et méthodiquement les dents, je traînasse sur mon lit en regardant le plafond, j'enfile une chemise et un pantalon blancs, je n'arrête pas de me vérifier dans le miroir de la salle de bains, je ralentis artificiellement mes gestes pour ne pas transpirer parce que j'ai oublié mon déodorant à Paris, je vais pisser plusieurs fois parce que je ne suis pas si zen que ça au fond, je me lave les mains autant de fois, je prends un chewing-gum. Entre-temps, mes parents se sont réveillés, je leur annonce sans aucune mauvaise conscience que je me prépare pour un rendez-vous avec Alice, que je n'ai aucune idée de mon heure de retour, excusez-moi, je sais que je suis gonflé pour les deux jours qu'on a à passer ensemble mais c'est comme ça, j'en ai besoin – j'ai vachement appris à m'écouter, avec toutes ces histoires, tu sais, j'ai appris à être égoïste lorsqu'il le faut.

Dix-sept heures, j'appelle. Rendez-vous dans le square qui se trouve juste en face du restaurant de la veille, à dix minutes de la maison de mon père. Je ne songe même pas à demander à Alice de se décrire, à tout de suite. Je sors de la maison sous les regards silencieux, un tiers désapprobateurs, un tiers compatissants et un tiers encourageants de tout le monde, je descends lentement le petit chemin de terre bordé de cyprès, il fait une fin d'après-midi splendide, le ciel est pur et mûr, les ombres commencent à s'étirer, j'aime l'Italie, je ne pense plus à grand-chose, en avant l'instinct, je me laisse aller, léger, tout va bien, je vais bien, je me sens beau dans ma chemise et mon baggy APC, tout compte fait j'aime ma vie, tout compte fait j'ai plutôt de la chance, au moins je vis, au moins je vibre, au moins il se passe des trucs dans ma vie, ça, je n'ai pas à me plaindre. Je marche avec zéro appréhension, zéro excitation excessive : les émotions vécues au cours de ces derniers mois m'ont mis du plomb dans la tête, et aussi dans l'aile – excuse-moi cette catastrophique métaphore filée, s'il te plaît. Deux, trois virages via je ne sais plus quoi, puis une courte avenue résidentielle en pente douce et droite, voilà le square. À quarante mètres, de l'autre côté du boulevard, par intermittence entre les trajectoires contradictoires des voitures, je repère immédiatement la silhouette d'une fille qui tient en laisse un gros chien beige agité et qui m'aperçoit au même moment que moi, c'est elle, c'est moi, je lui souris, elle me sourit. Elle n'a rien de l'inévitable sté-réotype de l'Italienne, qui la veut forcément opulente et sophistiquée. Elle est plutôt petite, mince et menue, sans poitrine, elle porte des tongs noires, un bas informe et gris de survêtement, un t-shirt noir à bretelles, deux, trois bracelets couleur argent aux poi-gnets, c'est tout. La laisse dans une main, une ciga-rette dans l'autre. Elle a des cheveux clairs coupés très court en pétard, elle retient son chien davantage qu'elle ne le tient, ses gestes sont rapides, nerveux, fermes, précis, elle tient bon sur ses jambes malgré sa frêle apparence, c'est une fille qui sait ce qu'elle veut, je ne peux m'empêcher de penser. Son look garçonne de punkette altermondialiste me fait penser qu'entre shit, ecstasy, rave-parties, nuits à la belle étoile, parvis de gares et plans en tous genres, y compris sexuels, elle en a vu d'autres, qu'elle ne doit pas être facile à impressionner, que ça ne va pas être de la tarte, mais après tout je m'en fous, que ce soit de la tarte ou pas, j'y suis j'y vais, on verra bien. Je m'étonne d'ailleurs moi-même d'avoir pu taper dans l'œil d'une fille comme ça, moi dont Alexandrine m'a toujours dit qu'il n'y a rien à faire, que je respire la bourgeoisie par tous les pores de ma peau. Donc je m'étonne, mais je pense aussitôt, à propos du look d'Alice : « C'est qu'elle ne doit pas être *que* comme ça. » Je traverse le boulevard, je continue de m'approcher, ses traits se précisent. La comparaison va te paraître bizarre mais l'expression de son regard me rappelle un peu la célèbre photo de Marlon Brando sur sa moto, dans *L'Équipée sauvage*, je crois. Tu sais, le côté yeux ciselés perçants ultra-expressifs qui te scotchent, et la moue un poil moqueuse des lèvres, l'air de quelqu'un d'à la fois passif et à l'affût, sûr de son pouvoir de séduction. Je suis à un mètre cinquante, on se salue comme si l'on se connaissait déjà et, pendant une fraction de seconde, l'image subliminale de son sourire, de son teint et de ses yeux me revient : j'ai aperçu ce visage un millième de seconde au restaurant avant de m'asseoir à ma table et je ne m'y suis pas attardé, l'esprit trop obnubilé par le souci et le seul visage d'Alexandrine. Son sourire est éclatant, généreux, communicatif, ses dents parfaites – je n'ai jamais vu en vrai des dents pareilles, c'est une pub, ses dents –, ses yeux sont verts, ses lèvres pleines et rouges, une peau très pure, un teint soigné, de fins sourcils impeccablement épilés : son visage est exceptionnellement beau, je te jure, exceptionnellement beau, le truc hors du commun, je n'exagère pas. Je n'ai vu ça que dans les magazines, on dirait une Danoise, ou une Américaine, on dirait une actrice de cinéma, c'est Jean Seberg en beaucoup mieux dessinée. Là encore, je ne cherche pas à comprendre, il se passe un truc trop fort : cette fille n'a même pas une beauté ou un charme banals, elle est, je te dis, exceptionnellement jolie. Ça n'existe qu'au ciné, non, que l'inconnue qui laisse son numéro de téléphone sur la table du mec se révèle aussi belle à la première rencontre ? Je me dis : « Tout ça est trop inexplicable, tout ça est trop romanesque pour que ça n'ait pas un sens. »

On se met à discuter immédiatement de façon très naturelle et puis on s'assoit sur un banc pendant que son chien court comme un fou aux quatre coins du square. Malgré notre anglais imparfait, à l'un comme à l'autre, la conversation est dense, sans blancs, fluide, en prise directe. Sous ses dehors négligé-étudié, c'est une bourgeoise elle aussi. *L'infra-signification* – quel néologisme horrible, excuse-moi –, l'infra-signification, donc, des paroles de l'un est aussitôt saisie au vol, reçue cinq sur cinq et décryptée ouvertement par l'autre, comme autant de petits défis gratuits à relever pour qui voudra. Le courant passe, zéro gêne, on se flaire, on se reconnaît, on est de la même famille.

C'est une *consciente,* elle aussi. Je veux dire par là que, chez elle comme chez moi, le naturel le cède un peu à la volonté de suggérer par touches fines qu'elle a de la distance sur les choses. Comme tout le monde, tu me diras. Mais là, c'est de *LA* bonne distance qu'il s'agit, si tu vois ce que je veux dire, de la distance des gens *conscients.* Enfin, selon ma conception à moi de la bonne distance et de la conscience, on est d'accord. Mais, autosatisfaction excessive mise à part, je pense que *c'est* la bonne. Ce que je veux dire, c'est que, pendant la conversation, je sens qu'elle me scrute comme je la scrute, avec la même acuité discrète mais dense. Je sens qu'au-delà d'une réciproque attirance physique, au-delà des joutes superficielles de séduction, elle aussi cherche à m'identifier, je sens qu'elle traque chez moi la faute de goût mais dans l'espoir grandissant qu'il n'y en aura pas. Que, comme moi, entre prudence et incrédulité amusée, elle coche mentalement une à une les cases de tous les paramètres indispensables du type exceptionnel et qu'elle s'étonne autant que moi d'elle de le trouver en face, aujourd'hui, dans ce square, sur ce banc. C'est une nana vive, vivante, marrante, alerte, critique, pas narcissique, qui sait oublier qu'elle est belle, elle a de la répartie sans en faire trop non plus, je continue à prendre progressivement conscience de la beauté de ses traits. C'est bizarre, la beauté en face de soi, on ne s'en rend vraiment compte qu'après coup. Sur le moment, dans la conversation, tu sens juste qu'il se passe un truc qui te rend l'air léger, tu sens que tu te sens bien sans bien savoir pourquoi.

On ne sait rien l'un de l'autre, on ne se reverra pas, on n'a rien à perdre, alors on ne se cache rien non plus. Je lui parle calmement d'Alexandrine, de mon écart à Tanambo, de ma tentative ratée de la quitter, de l'enfer mental de la culpabilité, de la vie qui bascule, de Kodong, du Mobalien, de mon enfer personnel de mari cocu et délaissé, de la dépression qui menace et de mon ego toujours là, malgré tout. Je lui souris beaucoup. Et je découvre qu'elle sait aussi écouter, qu'elle n'attend pas poliment son tour pour parler. Je refuse pour autant de m'emballer : je n'en ai pas l'énergie et, après tout, les gens avec lesquels on peut discuter ne sont pas si rares que ça. Et puis, au bout d'un moment, comme on en finirait bien par oublier la raison de cette rencontre, tellement la discussion se passe bien, se développe, s'enrichit, tout ça beaucoup trop poliment, je passe ma main gauche derrière sa nuque, pose la droite sur sa hanche, je me penche décidément vers elle et puis je l'embrasse, comme si cela allait de soi. Ça fait tant d'années que je n'ai pas embrassé une Blanche, tant d'années que je ne regarde plus les Blanches, que j'ai fini par ne même plus les envisager sexuellement tellement Alexandrine m'obsède, tellement je la désire, tellement elle a réussi, à force de m'impressionner, à ne me faire regarder et désirer qu'elle, tellement je perds ma confiance et mes moyens devant elle, tellement je souffre de ne pas la posséder autant que je le voudrais, tellement elle me fait comprendre que je m'y prends mal, tellement elle me fait bien sentir que je n'assure pas dans son lit et que je ne la satisfais pas, tellement elle me fait la gueule et me parle mal dès qu'on touche au sujet, tellement elle m'échappe et tellement je m'enfonce, d'année en année, dans ma souffrance et mon désir. Entre mes lèvres, celles d'Alice sont plus fines que ce qu'elles paraissent à la vue, et, entre mes mains, son visage et son cou s'avèrent également plus menus. Je retire mes lèvres, elle a rougi, me sourit, me regarde fixement dans les yeux, à la recherche sans doute de ma part de sincérité après cette première salve. Ça me fait tout drôle, d'embrasser une fille qui a les yeux de la même couleur que les miens et qui est blanche, comme moi. De très près, son visage est indiscutablement latin, je le reconnais : ce contour de l'œil, cette ligne noble du nez et de la joue, c'est celui des madones latines blondes des peintres de la Renaissance, je sais que c'est un cliché, mais c'est vrai. J'ai l'impression de tenir un miroir. Ce sentiment soudain de proximité quasi incestueuse, cette sorte de retour à moi-même, disons-le, eh bien je me rends compte qu'il m'apaise considérablement, qu'il me rassure comme un souvenir d'enfance. Je suis parfaitement sous contrôle parce qu'Alice, elle, ne me fait pas peur. Ses dix ans de moins n'y sont pas pour rien, mais pas seulement : elle est *blanche*, je te dis. Elle est plus petite, plus jeune, plus frêle, plus souriante qu'Alexandrine. Face à elle, je ne suis plus un petit Blanc à la taille et au poids trop justes et aux muscles trop secs. Face à elle, je suis grand, musclé, et, surtout, venant de passer tant d'années à tenter d'être à la hauteur d'une fille noire intransigeante et quasi de la même taille et du même poids que moi, je n'ai plus peur de personne, d'aucune femme, je suis 4×4, je suis tout-terrain. Face à Alice, je suis de plain-pied dans la normalité des rapports hommes-femmes, où il s'agit de penser d'abord à profiter des atouts l'un de l'autre en se faisant soi-même plaisir. Dans ce jeu pacifique de séduction réciproque, je me retrouve, *je me remets à ma place*, dans le bon sens du terme. Et tout ça m'apaise à un point que tu ne peux pas imaginer. Et pourtant, tu sais, c'était pas gagné. Un truc aussi banal que d'embrasser une inconnue, pour moi, c'est exceptionnel. Moi, depuis l'âge de quinze ans, tu sais, les filles que j'ai embrassées, elle peuvent se compter sur les doigts d'une seule main. T'en reviens pas, hein ? Je te jure que c'est vrai : sur les doigts d'une main ! Et pourtant, je te le répète, ce ne sont pas les occasions qui ont manqué. Je suis un Don Juan contrarié, je te dis, je suis un fidèle, un idéaliste, je suis un romantique, moi, je t'assure. Et pourtant, je pourrais être acteur porno tellement le sexe m'obsède, tellement je trouve les femmes désirables, tellement mon désir et ma vitalité débordent, tellement je suis insatiable sur ce point. Mais il faut bien que je me résolve à l'idée que je suis l'homme d'une seule femme. Ou, plutôt, soyons précis, de plusieurs fois une seule femme, ma courte histoire l'a déjà prouvé – déjà plus de quinze ans non-stop de vie de couple à plus de trente ans, et avec deux femmes seulement : c'est pas rien, non ? J'arrive pas à être léger, il n'y a rien à faire. La plupart des mecs de mon âge sont blasés par ce genre de trucs. Ils ont tous connu plein de filles, plein de bouches, de langues, de culs, de paires de seins, ils ont tous pratiqué plein de corps et ça ne les fait plus autant vibrer que moi. Moi, je reste fasciné. Pour moi, une inconnue, une fille de façon générale, c'est une fête, une aventure, et son corps offert, le plus inespéré et précieux des trésors. C'est peut-être naïf, mais je m'en fous. Je la revendique, même, cette naïveté, j'en suis très fier, je suis très heureux de l'avoir conservée intacte à mon âge parce qu'elle m'a réservé de trop rares mais intenses moments de bonheur.

Donc, je l'embrasse. C'est la fête dans ma tête mais, dans la pratique, pas de panique. Je me rends compte que, le changement de femme, je suis fait pour, moi aussi. Il n'y a pas de raison, je suis fait pour, tout autant que les gros blasés de mon âge qui ont collectionné les culs. Peut-être même que, dans une certaine mesure, j'ai sur eux l'avantage de ma naïveté, justement, de cet enthousiasme et de cette émotion intacts. Je suis prêt à donner beaucoup, tellement j'ai peu eu l'impression, en tant d'années de vie de couple, que ce que je donnais était reçu comme tel par les femmes avec lesquelles je vivais, tellement j'ai à donner. J'irai même plus loin : au-delà de ma sensualité naturelle – je ne me vante pas, là, tu sais, la sensualité, l'attention portée au corps de l'autre, la volonté *de* et de *me* faire plaisir dans l'acte physique, l'érotisme, j'adore ça, c'est un truc que je sens, c'est un truc que j'ai en moi, c'est comme le sport. J'ai toujours senti que je pouvais être un bon coup. Mais, après avoir longtemps pensé que n'étais pas tombé sur les deux bonnes personnes, j'ai fini, sous les regards trop sévères d'Alexandrine qui me faisait payer cher nos blocages réciproques l'un vis-à-vis de l'autre, par me persuader que c'est moi qui avais un problème, et ça me tuait à petit feu. Alors que, merde, on sait bien que, dans le cul, chacun est responsable de soi, non ? Tu vois, je viens de te donner là la principale raison du coup de la chanteuse. En gros, j'avais un besoin panique, vital, de me voir confirmer que, comme n'importe quel autre mec, j'avais la possibilité de faire vibrer une femme, de lui donner au moins l'envie de me toucher et de m'embrasser. Parce qu'Alex, elle, tu sais, elle n'aimait pas m'embrasser, elle refusait que je l'embrasse, moi qui adorais ça. Bon, bien sûr, ce que je viens de te dire, c'est très partial, c'est *mon* point de vue. Alexandrine te donnerait très certainement une version des choses pas du tout à mon avantage. Quoique ma propre version ne soit pas forcément à mon avantage non plus. Parce que ce n'est quand même pas facile, d'assumer le rôle du mec qui n'arrivait pas à faire jouir sa femme. Ce sont les mecs qui ont toujours tort dans ces cas-là, non ?

Qu'est-ce que je te disais, déjà ? Je me justifiais sur un truc, c'était quoi ? Ah, oui : ma sensualité. Au-delà de ma sensualité, disais-je, je crois que la vie en couple, mes désirs retenus, tous les fantasmes que j'ai pu nourrir au cours de ma vie de moine en couple, m'ont donné une expérience instinctive du corps de l'autre, tant j'ai pu rêver de tels moments, tant je me préparais inconsciemment à l'adultère. C'est paradoxal, je sais, mais je crois que, dans mon cas, c'est ça. Toujours est-il que, tandis que j'embrasse Alice, je me rends compte que, même sans pratique de la nouveauté, j'y étais parfaitement préparé. Je me fie à mon instinct, mes mains passent naturellement du cou aux cheveux, aux seins et aux hanches d'Alice, elle s'y abandonne avec un plaisir manifeste, j'imagine qu'elle doit penser que je suis rompu à ce genre de situation, que je suis un collectionneur de culs, moi aussi. Mais je voudrais lui dire qu'elle se trompe, que je ne suis pas le baiseur blasé qu'elle croit, qu'elle n'est que la cinquième femme que je caresse de la sorte à plus de trente ans. Elle, malgré son âge, a

91

connu beaucoup plus de garçons que je n'ai connu de femmes, c'est manifeste également. Mes caresses et mes baisers lui plaisent, je le sens à son souffle qui s'accélère, à ses bras qui se crispent et à ses yeux reconnaissants. Mais je sens aussi, parallèlement, l'imperceptible réticence de la fille orgueilleuse, moderne, qui se dit qu'elle est la cent cinquantième sur la liste et qui se refuse à perdre son self-control pour un mec de passage. Cependant ça chauffe, on s'embrasse, on s'excite, on est seuls au monde sur ce banc de square. Cette plongée soudaine dans l'intimité l'un de l'autre n'empêche pas la conversation de reprendre, tout aussi dense et riche qu'avant mon baiser. On se lève sans s'enlacer, comme deux grandes personnes revenues depuis longtemps de leurs premiers émois, mais quelque part au fond de moi ça me fait quand même tout drôle, j'ai l'impression de me retrouver au collège : *je viens d'embrasser une fille !* Mais l'âge fait bien les choses. À défaut d'expérience j'ai désormais plus d'aplomb, heureusement. Mais ça ne m'empêche pas de repenser à mes treize ans et de trouver cela toujours aussi extraordinaire et contre nature, d'embrasser quelqu'un dont tu ne sais rien. On va tenter de calmer le chien, dont je subis les assauts réguliers avec un sourire stoïque afin de ne pas passer pour un rabat-joie. Rencontrant sur notre chemin un ballon que des gamins nous réclament, de l'autre côté d'un grillage, je frime en montrant à Alice que je sais shooter dedans avec souplesse et dextérité. Mais je n'ai aucune honte non plus à lui demander de rouler pour moi le tabac qu'elle me propose, parce que je ne sais pas le faire correctement. Le contact passe, je te dis.

Par-dessus tout, peut-être, peut-être même au-delà de la reconnaissance que je lui témoigne de m'être tombée du ciel à un moment si délicat de ma vie, je crois que j'aime qu'elle soit italienne, même à mille lieues des clichés style Monica Bellucci ou Versace. J'aime l'Italie en elle, ou plutôt j'aime en elle mon idée à moi de l'Italie. Cette lumière de fin d'été, salvatrice, quasi onirique, cette lumière de mon apaisement, de mon renouveau, de ma *renaissance*, excuse-moi ce mauvais jeu de mots, cette lumière de la liberté, ce break solitaire de douceur, ce temps suspendu, ces couleurs retrouvées, cette tiédeur parfaite de l'air, ce déroulement enchanteur des événements, désormais, ce sera elle, qu'elle le veuille ou non. J'aime également qu'on parle anglais ou, selon, espagnol pour nous comprendre. J'aime l'idée que n'avoir pas de langue maternelle en commun l'un et l'autre n'empêche pas de se dire des choses essentielles en se regardant droit dans les yeux et de s'embrasser. J'aime cette rencontre européenne. Je pense au film de Klapisch, *L'Auberge espagnole*, qui m'avait fait rêver comme tout le monde, et je me dis que, même à plus de trente ans, il n'est pas trop tard pour avoir ma part de ce gâteau de jeunesse et de vie, moi aussi.

En début de soirée, je la raccompagne chez elle. Tout au long de ce trajet à pied à travers Romanze, j'essaye d'enregistrer calmement le maximum de détails possible, sachant d'ores et déjà que, plus tard, lorsque tout ça sera réduit à un puissant souvenir de mes sens, à de la pure nostalgie, je m'en voudrai de ne pas y avoir goûté plus consciemment sur le moment. Mais c'est impossible d'y goûter consciemment, au bonheur. Sous ses dehors banals, avec ses parasites et ses imperfections, sans le filtre enjoliveur du souvenir, la réalité te prend toujours de vitesse. Sur le moment, c'est mathématique, tu peux juste vaguement ressentir qu'il se passe quelque chose de bien, mais tu es trop occupé à le vivre dans son temps même pour y goûter vraiment. Parce que tu as remarqué que le bonheur, c'est toujours un souvenir, jamais le moment présent, hein ? Je me souviens avoir lu chez je ne sais plus qui : « Le bonheur, c'est quand la lumière est bonne et qu'on n'a pas forcément conscience que tout va bien. » C'est ça, le temps perdu, le temps tout court, l'impossible équation du temps qui passe et qu'on voudrait retenir. Je suis persuadé que ce doit être aussi pour cette raison que l'être humain cherche à se mettre en couple : pour faire durer au maximum les moments de bonheur sans avoir constamment à les rechercher dans son passé, pour essayer de figer un peu les choses avec la femme qui un jour nous a fait rêver, malgré le temps qui dégrise. Parce que le bonheur, c'est une femme, non? Tu ne crois pas, toi? « Heureux comme avec une femme », dit Rimbaud. Remarque, c'est « Sensation » qu'il s'appelle, son poème. C'est dire la part d'auto-persuasion qu'il faut pour identifier le bonheur à une femme. Parce qu'en fait, une femme, ce n'est pas le bonheur, c'est simplement la suggestion d'un bonheur absolu possible. C'est un vecteur du bonheur, un intermédiaire qui, tout en incarnant le bonheur au tout début, engendre un désir supplémentaire sitôt conquise. Attends, je vais être plus clair : le bonheur, pour moi, s'il fallait chercher à l'identifier, à le saisir sur le vif, c'est l'émotion absolue que je ressens lorsque j'écoute certaines chansons ou que le ciel a une couleur qui me plaît tout particulièrement. À chaque fois que je ressens la nécessité de partager de tels moments pour mieux les matérialiser, c'est la pensée d'une femme idéale qui me vient à l'esprit. À chaque fois, je me dis qu'une inconnue quelque part, susceptible de ressentir ou de comprendre la même sensation que moi au même moment, incarne ce bonheur. Mais je crois que le bonheur est comme cette femme, comme cette sensation : il est immatériel, il n'existe pas. Le bonheur, l'avenir, est une parfaite et perpétuelle inconnue, dans tous les sens du terme. T'es seul au monde de toute façon, et seul avec tes rêves. Mais si tu as la chance de rencontrer une femme qui, même si elle n'y est pour rien, t'a fait rêver et penser au bonheur pendant quelque temps, c'est déjà énorme.

Pendant qu'on marche sur le trottoir, je réalise, justement, que j'enlace comme un amoureux une fille dont je ne sais rien. Je prends brutalement conscience que je vis en couple avec ma femme depuis plus de dix ans, que nous sommes mariés, deux enfants, que j'ai pris vis-à-vis d'elle des engagements moraux et matériels, que je gagne ma vie et celle de ma famille depuis tout autant d'années, que je mène désormais, la trentaine bien entamée, une vie d'homme responsable et que tous les gens qui nous croisent enlacés sur ce trottoir, Alice et sa dégaine d'adolescente et moi et mes *vingt-sept ans à tout casser*, doivent très certainement nous prendre pour un couple d'étudiants, juvénile, légitime et innocent, qui a la vie devant lui pour découvrir que l'amour et la vie de couple, eh bien, ce n'est pas si simple, ni si joli. Je ressens spontanément le besoin, orgueilleusement, de démentir, de leur dire à tous qu'ils n'en savent pas forcément plus que moi et que je ne suis pas aussi jeune que je le parais, que je la connais déjà un peu, la vie. J'ai un mal fou à profiter librement de ces instants de légèreté. Je m'encombre sans cesse l'esprit de mes obligations et de mes scrupules, impossible de lâcher du lest. À défaut d'innocence, impossible de savoir si je ressens davantage de malaise ou de bonheur. Si c'est du bonheur, il est clandestin, coupable, donc incomplet. Si c'est du malaise, il n'a pas une incidence négative suffisante sur ma détermination pour me faire lâcher les hanches d'Alice et lui dire : « Excuse-moi, je suis en train de faire une connerie, merci pour tout et bonne vie à toi, je me casse. » Je me dis qu'il faut que j'arrête de me prendre la tête, qu'il y a, à ce moment même sur terre, des millions d'autres pères de famille que moi qui sont en train de tromper leur femme, que c'est dans l'ordre des choses. Je me dis : « Arrête de te prendre la tête, arrête la culpabilité, tu n'es pas né pour être coupable, vis un peu pour une fois, écoute-toi, tu as le droit de penser à toi, on est né pour ça, pour penser d'abord à soi, non ? Oublie Alexandrine, oublie les enfants, oublie les rendez-vous professionnels à Paris, le retour à Tanambo dans une semaine, oublie le boulot, l'avenir matériel à assurer et les soucis, oublie d'être raisonnable pour une fois, la vie est courte, la vie est faite aussi pour ça : les imprévus, les entorses au règlement. Tu ne connais pas la fille que tu viens d'embrasser pendant une heure dans ce square, et alors ? Elle sera tienne et tu seras sien le temps d'une parenthèse de vingt-quatre heures dans ton existence, la vie est faite aussi de ce genre d'options aberrantes, nous ne sommes après tout que des êtres sensibles de chair, ne l'oublions pas, pas de morale à mettre là-dedans, vous jouerez l'un et l'autre votre rôle d'amoureux transis et exclusifs pendant vingt-quatre heures et puis ciao, oublie-toi deux minutes, lâche-toi un peu, les choses sont simples, autorise-toi ça, tu y as droit aussi, merde ! »

Elle habite via Santo S., numéro douze, je crois. Il y a une lourde porte cochère. Puisque maintenant tout est possible, j'ai prémédité d'entrer sous le porche avec elle et, à l'abri des regards, une fois la porte refermée, de l'embrasser beaucoup plus explicitement, histoire d'être bien clair sur mes intentions. On pousse la porte, il fait sombre, je l'adosse au mur, me colle à elle, on ne touche pas à la minuterie, je l'embrasse dans la pénombre, la caresse comme la décence m'empêchait de le faire sur le banc du square. La présence de son chien qui jappe et me donne des coups de museau frénétiques dans la cuisse n'empêche pas Alice de haleter et de gémir. J'ai d'étranges réminiscences sensorielles, la situation me paraît familière, je me laisse guider par mes propres gestes, mes mains et mes lèvres imposent leur rythme versatile, elle savent parfaitement ce qu'elles ont à faire sur ce corps menu qu'elles découvrent en même temps que moi. J'ai l'impression d'avoir fait ça toute ma vie, embrasser et caresser des inconnues sous les porches. Mais rapidement Alice m'interrompt : elle a un ultime examen oral de sociologie générale le lendemain matin à dix heures, elle doit impérativement réviser. Moi, il y a près de quinze ans que je n'ai pas passé d'oral à la fac. Nous n'avons pas les mêmes préoccupations, elle et moi. Je pense que nos dix ans d'écart, à mon âge, ce n'est vraiment pas sérieux, qu'elle n'est pas majeure depuis si longtemps que ça. Une fraction de seconde, je pense : « Vieux dégueulasse, profiteur, solution de facilité, ça craint, tu crains, c'est une gamine. » Elle, elle ne paraît pas plus impressionnée que ça. Les mecs plus âgés qu'elle, elle doit connaître. Et aussitôt, pour me rassurer, je pense : « Mais à son âge, zut, on est déjà une femme. Toutes les héroïnes de films et de bouquins ont entre vingt et vingt-cinq ans. Et puis, les filles sont plus mûres que les mecs, c'est bien connu. Arrête de t'accabler comme ça, arrête, cette situation n'a rien de choquant, elle est dans l'ordre des choses, je te dis. » Tout en empêchant ma main de s'aventurer au-delà de la lisière de ses poils pubiens d'un sourire poli mais ferme, elle me dit que je l'ai excitée, qu'elle voudrait me revoir ce soir, qu'elle me rappellera quand elle aura suffisamment révisé. Je ne suis pas plus dépité que ça par ce doux rabrouement. Presque avec détachement, je lui réponds : « Pas de problème, on fera comme tu veux, c'est comme tu veux. » Je suis dans un état second, mais détendu. Je prends le temps d'étudier ce porche ancien, sobre et noble, les voûtes, l'escalier, les Vespa des locataires garées dans le couloir. Je pense qu'en Italie, une piaule d'étudiante, ça a quand même plus d'allure qu'en France. Puis je salue Alice comme une bonne copine, *ciao, ciao*, à ce soir, bonnes révisions. Elle disparaît dans le couloir en se retournant une dernière fois, j'ouvre la porte et je me retrouve à nouveau dans la rue, avec l'air sonore, les trottoirs, les piétons et les boutiques à l'heure de la fermeture. Je me sens mi-libéré, mi-coupable, j'ai les lèvres engourdies, le goût de salive d'une étrangère dans la bouche, et je me demande brusquement ce que je fous là.

Je mets bien une demi-heure à trouver un taxi, lequel, à ma demande, se met aussitôt en quête d'une pharmacie de garde. Il se gare en double file, warnings. Je saute du taxi et je cours comme un voleur acheter une boîte de préservatifs, tout excité par la perspective, tout à fait réaliste, de m'en servir ce soir. La dernière fois que j'ai acheté une boîte de préservatifs, c'était juste avant ma première nuit avec Alexandrine. « Non, tu n'es pas ridicule, ce soir tu as vingt ans », je me dis. De retour chez mon père, on n'ose toujours pas trop me faire la gueule pour mon absence abusive. Pas le temps de prendre une nouvelle douche ni de me changer de fringues, c'est dimanche soir, ici tout le monde travaille demain, il se fait tard, il faut aller dîner. On se rend à pied dans une trattoria du centre ville que je ne vais pas te décrire pour ne pas t'emmerder encore une fois avec mes comparaisons trop dépréciatives. Mais c'est un endroit vraiment chouette : encore une ancienne chapelle, hauteur sous plafond, déco de briques rouges et de lampes métalliques indus-trielles, four à pain au milieu de la pièce, très clean, voire un peu clinique, mais chaud quand même, faune bobo, *beautiful people*, tu vois le genre? En France, on dirait *branché*, mais les branchés en France refusent l'élégance trop évidente. L'élégance, en France, chez les branchés, c'est de paraître élégant le plus involontairement possible. Pas en Italie. En Italie, on assume l'élégance qui se voit, on ne trouve pas ça ringard, l'élégance. Et moi, j'aime bien cette façon de considérer les choses avec simplicité. Et puis, bien sûr, la pizza qui t'arrive dans les dix minutes, large, goûteuse, authentique, comme il faut la faire. Italienne, quoi. Mieux que chez nous, où on continue d'ailleurs à prononcer *pidza*, alors que c'est *pitssa* qu'il faudrait dire. Une pizza servie en Italie par des Italiens, c'est d'autant plus jouissif et intimidant que les mecs qui te servent le font le plus naturellement du monde, sans se douter une seconde que, toi, tu es fasciné. Ce que j'ai pu noter aussi, dans cette trattoria, c'est qu'en Italie les gens se regardent vachement plus ouvertement que chez nous. Si tu ne présentes pas trop mal, si tu fais un peu gaffe à ta mise, on te mate, et c'est assez gratifiant. C'est agréable, ce côté fair-play de gens qui ne mettent aucun orgueil à faire semblant de ne pas t'avoir remarqué, à faire forcément la gueule. Eux, ils matent et ils assument. Donc je sens sur moi les regards des femmes aux tables, le sourire émoustillé des serveuses, les couples qui chuchotent en me désignant du regard, je suis bien, confiant. Entre-temps, Alice m'a donné rendez-vous par SMS en bas de chez elle, à 21 h 30. J'ai l'euphorie tranquille, je pense que cette fois ça y est, moi qui étais resté persuadé, tout au long de ces années de couple, qu'il n'y aurait qu'Alexandrine jusqu'à la fin de mes jours, eh bien je vais tromper ma femme pour la première fois. Devant le miroir des toilettes, je repense au soir de mon dépucelage, à quinze ans, lorsque juste avant d'entrer dans le lit d'une fille qui s'appelait Apolline je me suis regardé dans la glace de sa salle de bains en me disant : « Ce soir, tu vas enfin réaliser ton rêve. » Je pense que j'étais un gros naïf d'imaginer que je ne toucherais à aucune autre femme, je pense que la vie et le temps se chargent très bien de te réaiguiller dans des schémas inévitables, qu'il ne faut pas rêver.

21 h 20, mes parents en sont au dessert et je les quitte avec l'impatience d'un ado, je rejoins la via Santo S. qui est à deux pas. Alice m'attend déjà sur le trottoir. Je vais te passer pas mal de détails, là, du style sa colocataire qu'on est allés chercher à la gare pour lui remettre les clés de l'appart, le Coca qu'on a pris ensemble, les rues animées, la douceur de la nuit, la conversation toujours fluide, au cours de laquelle on en a appris un peu plus l'un sur l'autre, certaines confidences, la confirmation qu'Alice ne correspond pas à la catégorie précise de fille que son look laissait présager, qu'elle

est plus complexe et plus éclectique. Je te passe aussi le moment où elle me dit que ce n'est, finalement, peut-être pas une très bonne idée que je monte chez elle, qu'elle a des scrupules, qu'on devrait peut-être s'en tenir là pour ne pas gâcher cette belle rencontre, j'espère que tu ne le prends pas trop mal. Je te passe ma réponse, assurément déçue, mais douce et sincère : « On fera comme tu veux, Alice, c'est toi qui décides. Je ne vais certainement pas te forcer à faire quelque chose que tu ne sens pas. Je peux même partir tout de suite, si tu préfères. Et puis, on n'est pas obligés de faire l'amour, tu sais, on peux très bien s'embrasser, se caresser, tout en continuant à discuter comme on le fait si bien, tu me fais tellement de bien. » Je te passe sa surprise au moment où je lui dis ça, son sourire reconnaissant, et puis, finalement, l'instant où elle se ravise et le SMS qu'elle envoie à sa colocataire (« Ce soir, je prends la chambre avec le grand lit »). Bref, les Coca payés, on se lève, on marche vers chez elle en prenant tout notre temps, et je te passe aussi la façade éclairée, toute nue et toute blanche, de l'église Santo S., dont elle me dit que c'est celle de la ville qu'elle préfère pour sa sobriété, les flots de touristes en petite laine du soir sur les trottoirs, le porche de son immeuble à nouveau, l'escalier que, cette fois, j'emprunte jusqu'au bout avec elle jusqu'au trois ou quatrième étage, je ne sais plus, la porte du duplex, la colocataire qu'on réveille mais dont je n'entends que la voix à travers la porte d'une pièce contiguë, le chien à nouveau dans les pattes, une immense carte du monde punaisée sur le mur du salon, exactement la même que celle que j'ai dans mon bureau, à Tanambo, on descend directement à la chambre d'Alice par un escalier de bois, à ce moment-là il doit être un peu plus de minuit.

J'ai beaucoup aimé la simplicité avec laquelle les choses se sont déroulées. Elle va prendre une douche et moi, j'enlève simplement mes chaussures et mes chaussettes et je reste sur son lit, à détailler cette chambre d'étudiante italienne, la lampe de chevet, le ventilateur d'appoint, le chien qui s'endort, des fringues éparpillées un peu partout, des cigarettes écrasées dans un cendrier, des pages manuscrites de cours de socio sur la table de nuit où je repère le nom de Durkheim, les bouquins en italien et en espagnol sur les étagères. Je m'étonne d'y trouver une traduction de *99 francs* de Beigbeder, des recueils de poésie, du Neruda, du Prévert. J'aime qu'elle lise, qu'elle s'intéresse à toutes ces choses. La fenêtre est ouverte. Dehors, malgré le vis-à-vis d'une façade aveugle, la nuit est tiède, douce, légère. Alice revient de la salle de bains. Ses cheveux sont mouillés, son peignoir de bain ouvert, et elle ne porte plus qu'une culotte rose pâle. Un éclair de méfiance passe dans ses yeux qui ne peuvent plus dire non. Gravement, elle fait glisser son peignoir le long de ses épaules et de ses bras, et là, c'est magnifique. Tout le côté garçon manqué que pouvaient évoquer sa démarche, sa coupe de cheveux ou ses gestes nerveux s'évanouit d'un seul coup. Elle révèle une silhouette mince, des épaules à la féminité fragile et déterminée, une peau splendide, une épilation parfaite. Je repense à ce moment-là aux touristes italiennes sur la plage, à Tanambo. Depuis que j'y vis, j'ai remarqué qu'elles prennent particulièrement soin de leur corps, qu'elles l'aseptisent un peu à la façon des Anglo-Saxonnes mais sans rien perdre de leur objective latinité, je sais pas si tu vois ce que je veux dire. À mon tour, je vais prendre une douche, en profitant de chacun de mes gestes comme une lente préparation au bonheur. Je reviens en slip, la chambre est plongée dans la pénombre, le chien dort, et là, tout naturellement, sans un mot, je la rejoins, on s'allonge et on s'enlace.

Par respect pour Alice, et puis aussi un peu par pudeur, je ne te raconterai rien de salace à propos de cette nuit. Juste deux trois petits détails de rien du tout qui me sont restés en mémoire de longues semaines après mon retour à Tanambo : son tatouage sur l'épaule droite – rien d'original, je sais –, mais qui me faisait me dire, à moi, que je sortais avec une fille bien de sa génération, plus jeune que moi, plus rock'n'roll que moi. Les deux cigarettes qu'elle a déposées sur sa table de nuit avant notre première étreinte : c'était prémédité, je n'étais sans doute pas le premier à qui elle faisait le coup mais, je sais pas, j'ai bien aimé. Ses gémissements en italien pendant l'acte : elle disait *Si! Si! Si!* et pas *Oui! Oui! Oui!* Je découvrais l'amour international en langue originale, c'était nouveau pour moi, je trouvais ça classe, décalé, excitant. Tiens, je n'ai même pas réalisé sur le moment que le parallèle avec l'histoire d'Alexandrine était troublant : d'un côté son amant noir, comme elle, de l'autre mon amante blanche, comme moi, notre nécessité plus ou moins consciente chez l'un comme chez l'autre de renouer avec sa propre identité, un terrain neutre – Kodong, Romanze –, tout ça en anglais. Merci l'anglais! Bon, bien sûr, l'aspect sexuel a énormément compté. Et pourtant, je te le répète, ce n'était pas gagné pour moi. Et c'est justement parce que, encore une fois, je n'avais rien à perdre, c'est parce que je ne reverrais plus jamais Alice de toute ma vie, que j'ai pu surmonter mon appréhension. Par la couleur de sa peau, par son âge, par son corps plus menu que le mien, mais surtout par sa douceur, par son naturel, par sa générosité qui n'avait aucun compte à régler avec moi, je peux te dire qu'Alice m'a sauvé cette nuit-là. Parce qu'elle était loin d'imaginer dans quelle situation tordue j'avais laissé mon propre corps et mon propre esprit s'enfermer pendant toutes ces années, parce qu'elle n'avait rien à voir avec tout ça, parce qu'elle était dépourvue à mon égard de tout préjugé, de toute haine et de toute volonté plus ou moins consciente de m'humilier, elle m'a, sans le savoir, redonné confiance en moi. Avec elle, je me suis à nouveau senti un homme, un homme avec une bite, des mains et une bouche susceptibles de plaire à une femme et de la satisfaire, un homme doté, comme tous les hommes soucieux de leur propre équilibre, d'un corps lui servant à exprimer simplement et librement son propre désir et son propre plaisir, son désir puissant et simple, un homme fait pour *s'épanouir*, tout simplement, naturellement, sans en faire une maladie, en étant enfin dégagé de tout sentiment de terreur ou de culpabilité.

En ce qui nous concerne directement, Alice et moi, le seul détail vraiment significatif que je te donnerai, c'est que nous n'avons dormi ni l'un ni l'autre. Pas uniquement parce que nous avons fait l'amour à plusieurs reprises, mais surtout parce que, toute la nuit, on s'est regardés en silence. Régulièrement, je lui chuchotais de s'endormir pour arriver en forme à son examen, elle me répondait : « O.K., mais alors, toi aussi, tu dors. » Je lui répondais O.K., on se mettait chacun en position, on fermait les yeux et, deux minutes après, on se retournait et on constatait étonné que l'autre nous

107

regardait. Ce n'était pas un jeu. C'est là, je crois, au contraire, que tout s'est joué entre nous – excuse-moi ce paradoxe involontaire. C'est là que tout a commencé à se tisser lentement, dans cette espèce de défi de réponse indéfectible de l'un à l'appel de l'autre qu'on se lançait plus ou moins consciemment. Et pourtant, on était partis sur un deal a priori clair : moi marié, deux enfants, en pleine crise de couple mais désireux de reconquérir ma femme, elle provisoirement célibataire, elle flashe sur moi au resto, je flashe sur elle au square, on passe une chouette nuit ensemble et puis demain matin ciao, pas de mail, pas de téléphone, pas d'adresse, chacun reprend sa vie, toi tes examens à Romanze et ton mec à Monte, et moi mon avion pour Paris, Alexandrine, les enfants et Tanambo, dix mille kilomètres qui nous séparent, merci pour tout, on referme la parenthèse, tout ça restera un joli souvenir dans le jardin secret de chacun, une petite illusion passagère de légèreté dans une vie aux enjeux trop graves et trop compliqués pour faire marche arrière. Ça aurait dû se passer comme ça, normalement. Et ça se serait peut-être passé comme ça s'il n'y avait pas eu ce truc qui fait que ça prend, si on ne s'était pas autant ressemblé, si on n'avait pas eu ce niveau commun de *conscience* dont je te parlais tout à l'heure. Tu sais, un peu comme des francs-maçons qui se reconnaissent à des codes particuliers, à la façon de se saluer, à certains mots, à des trucs comme ça. Je te rappelle qu'on était partis, a priori, en gardant chacun sa réserve, en restant sur une conception ordinaire l'un de l'autre. Et, à travers la nature de nos conversations, à travers ces regards surtout qu'on s'est échangés dans son lit, l'un comme l'autre on a commencé à se découvrir un niveau similaire d'exigence amoureuse. Ces regards, en fait, ils finissaient par signifier : « Le premier qui manque le regard de l'autre a perdu. Le premier qui s'endort a perdu », mais dans le sens : « Le premier qui s'endort n'en valait finalement pas la peine pour l'autre. » Voilà, c'est essentiellement cela qui s'est passé entre nous cette nuit-là.

Comme on n'avait pas dormi, on n'a pas eu besoin de se réveiller. Il devait être dans les cinq heures, dehors le jour ne s'était toujours pas levé mais ça sentait déjà le matin. Alice est sortie du lit, elle est allée préparer du café, elle est revenue avec deux mugs brûlants, elle m'en a tendu un et, tout en s'excusant gentiment, elle a pris ses notes de socio sur sa table de nuit et elle s'est mise à réviser. J'avais aussi beaucoup apprécié chez elle qu'un examen important n'empêche pas l'aventure et une nuit blanche. J'aimais cette spontanéité dénuée de calcul, ce romantisme. Elle a dû réviser pendant un quart d'heure à tout casser et puis, tout naturellement, elle a fini par laisser tomber ses notes et on a refait l'amour. Le temps passait, on se caressait comme des amants de longue date, ou comme un vrai couple amoureux, avec beaucoup de tendresse. On s'échangeait des douceurs intimes dans plusieurs langues mais le jour s'était levé, il fallait partir. Instinctivement, je manifestais à Alice des attentions disproportionnées au caractère passager de notre rencontre : dans la baignoire de sa salle de bains, je l'ai savonnée, shampouinée, douchée. Ensuite, je lui ai enfilé ses vêtements un à un, je lui ai proposé de l'accompagner à l'université, et, comme elle me proposait de conduire sa Vespa et que j'étais bien obligé de lui avouer que je ne savais pas conduire une Vespa, j'ai insisté pour payer le taxi qui nous avait emmenés, puis insisté pour payer le petit-déjeuner que nous avons pris ensemble dans un café proche de sa fac – les *budini al riso*, t'as déjà goûté ? Je te conseille, ça tue –, ce café étudiant très chouette où ils passaient en fond sonore une salsa dont Alice connaissait les paroles par cœur. Ensuite, je l'ai accompagnée pendant une bonne demi-heure à la recherche du bâtiment de la salle d'examen, vachement loin, après un pont, et, lorsqu'on s'y est enfin trouvés, après les derniers baisers sur le trottoir, au moment de nous dire au revoir pour toujours, toujours sous ce même soleil matinal de fin d'été qui me faisait penser au bonheur, je ne sais pas ce qui m'a pris, je l'ai appelée en anglais *Mon amour*, je l'ai appelée *My love*, en lui disant : « Je suis à *ça* de tomber amoureux de toi, tu sais », en faisant comme ça avec mes doigts. Je suis peut-être naïf, je suis peut-être trop émotif, ou, tout simplement, je n'ai pas assez d'expérience pour en parler, mais j'ai du mal à imaginer qu'on puisse faire l'amour avec quelqu'un, même d'inconnu, même une unique nuit, sans qu'un lien fort en résulte. Deux corps qui se sont pénétrés, deux peaux qui se sont frottées l'une contre l'autre, deux salives qui se sont échangées, se doivent des comptes, on ne peut pas s'en tirer comme ça, même si chez la plupart des gens, de fait, je sais que ça n'engage à rien. Je n'arrive pas à comprendre qu'on puisse rester indifférent à quelqu'un avec qui on a couché. Pas toi? En tout cas, c'est comme ça que, moi, j'ai ressenti les choses avec chacune des très rares femmes avec lesquelles j'ai pu faire l'amour. Et, à chaque fois, c'est pour la vie que je me suis engagé.

Je l'appelle *Mon amour*, elle me regarde, je l'embrasse une dernière fois, je la serre une dernière fois dans mes bras en lui disant dans les yeux *Vas-y, c'est l'heure, tu vas être en retard, ne rate pas ton examen, je ne voudrais pas que tu le rates à cause de moi, vas-y, ne soyons pas tristes, ça a été très chouette entre nous, c'est une belle rencontre, restons sur ce bon souvenir, ne soyons pas tristes, il ne faut pas, tu sais bien que c'est impossible, hein, que tu le sais aussi bien que moi, que c'est impossible entre nous?* Elle me répond *Oui, je sais, il ne faut pas être triste, il ne faut pas gâcher ce beau moment, tu as raison, j'y vais, adieu,* mais elle ne bouge pas, elle continue de me fixer avec des yeux qui me disent poliment que, bien sûr, ils respectent mon point de vue, que, bien sûr, ils ne peuvent que se résigner devant l'évidence, mais qu'ils sont prêts à l'affronter, cette évidence. Des yeux pour lesquels rien ne serait impossible si je voulais bien reconnaître, moi aussi, qu'il n'y a rien d'impossible lorsqu'on le désire vraiment. Alors, face à ces yeux, je baisse les miens. Par lâcheté ou par courage, je ne sais pas. Je ne sais pas si je louvoie ou si je serre les dents. En tout cas, je ne vois vraiment pas d'autre solution que partir et, de fait, il n'y en a pas d'autre. Je laisse Alice devant l'entrée du bâtiment de son examen et je m'en vais, sans me retourner. Je tourne au coin de la rue, je rejoins un gros boulevard périphérique et je marche droit le long du trottoir, ça y est, je suis hors de portée, chacun de mes pas m'éloigne d'elle davantage, c'est fini, je ne la reverrai plus et c'est mieux comme ça, il ne me reste plus désormais qu'à reprendre mes esprits pour réaliser ce qui vient de se passer, savourer pour moi tout seul le détail de ces dernières vingt-quatre heures et en faire durablement provision pour les moments difficiles qu'il me faudrait affronter dès le soir même. Je marche deux ou trois minutes tout droit sur le trottoir de cet énorme et bruyant boulevard dans une confusion totale, sans plus penser à rien, comme un automate souple, guidé uniquement par le soleil matinal impeccable, en essayant en vain de retenir et de fixer dans mon esprit les images évanescentes de cette nuit dense, hors du temps, absolument imprévue, trop fugace, le souvenir de mon propre corps mêlé à celui d'une jolie inconnue dans la pénombre de sa chambre, en essayant de retenir les détails de son visage, les odeurs, les gestes, les ombres, les soupirs, certains mots. Je marche en me laissant envahir par une puissante sensation de liberté et de légèreté, purement organique. Je fais simplement l'effort de penser que la vie peut réserver parfois d'extraordinaires surprises qu'il ne faut pas chercher à comprendre et qui, au moment où tu y es le moins disposé, te redonnent foi en la vie. Débarrassé enfin de toute culpabilité, je pense que la vie m'a fait faire le bon choix. Je suis vengé, Alexandrine et son Mobalien ne me terrorisent plus, moi aussi j'existe désormais. Je me sens en sécurité, je me sens pris en charge par la vie, je pense que la vie m'aime et que j'ai de la chance. Je marche comme ça sur ce trottoir, déterminé vers nulle part, depuis deux ou trois minutes, lorsque je sens dans mon dos quelqu'un qui s'approche en courant. Instinctivement je me retourne : c'est Alice qui a quitté précipitamment le bâtiment des examens en attendant son tour de passage, qui a couru deux cents mètres sur le trottoir, en tongs, avec ses notes dans la main. Ses joues ont rougi, ses tempes suent légèrement et elle me saute dans les bras, comme dans les films. Sauf que là, ça sonne juste. Ça sonne juste parce qu'elle ne me saute pas dans les bras en pleurant ou avec un air énamouré, pas du tout. Pas de violons, pas de ralenti, juste la réalité, avec les bruits de pots d'échappement et des pas des autres piétons sur le trottoir. Ce qui rend son geste authentique, c'est que ses yeux ne me demandent rien, c'est qu'il n'y a rien d'autre dans ses yeux que sa volonté de ne pas me quitter, de ne pas me perdre si vite. Il n'y a rien que son impulsion urgente, entière, irrépressible, rien que de l'amour, en fait, mais qui ne veut, ne peut et ne doit pas raisonnablement se formuler comme tel. Elle ne me dit rien, d'ailleurs, pas un mot. Elle avait le visage pardessus mes épaules pendant que je la soulevais dans mes bras, elle se préparait à repartir passer son examen parce qu'elle voyait bien que je pensais toujours qu'il ne pouvait en être raisonnablement autrement. Je le pensais, oui, et je m'interdisais de penser autrement, je me l'interdisais d'autant plus fort que je me reconnaissais tellement dans cette spontanéité prête à tout, dans cette façon absolue de considérer l'amour, de s'y laisser reprendre sans broncher, sans calculer, sans quant-à-soi, sans se méfier, sans prudence.

C'est peut-être pour cela que, juste avant qu'elle ne reparte, j'ai insisté pour qu'elle me tienne au courant par texto du résultat de son examen dès qu'elle en sortirait – après un oral, ils te donnent tout de suite ta note, en Italie. Peut-être. Parce que c'est bizarre, non, ce réflexe de vouloir créer absolument un lien, de vouloir *m'attacher*, dans tous les sens du terme, alors que ça compliquait objectivement la situation, tu ne trouves pas? Certes, ça m'importait, qu'elle ait une bonne note, mais pourquoi ne pas m'en tenir là? Cette fameuse spontanéité dont je te rabats les oreilles depuis tout à l'heure? Parce que c'était plus fort que moi? Parce que c'était l'évidence? Parce que je suis quelqu'un de plus sensible et passionné que raisonnable? Parce que je suis comme ça? Parce que je m'intéresse aux autres et que je n'y peux rien? Parce que je suis quelqu'un de bien? De moins égoïste que les autres et qu'il n'y a rien à faire, que je dois m'accepter comme tel? Tu parles. Ce n'est pas à mettre seulement sur le compte du coup de foudre, il y a autre chose là-dessous, de beaucoup moins pur que ça. Je ne sais pas comment interpréter ça. C'est sur ce genre de détail, en tout cas, qu'il faut que je me penche, je crois, pour essayer de comprendre qui je suis et comment je fonctionne. Ce n'était pas par politesse non plus que je lui ai demandé ça, ni par sens du devoir. Mon problème, à moi, avant toute cette histoire, tu sais, c'était de me sentir obligé de montrer aux autres que je m'intéressais à eux pour compenser le fait que je sentais bien, au fond de moi, que je n'avais pas de cœur, que l'émotion peinait à venir d'elle-même. Ça a d'ailleurs toujours été plus ou moins ça, mon problème avec les femmes, mon problème avec les autres en général : en faire des tonnes pour m'excuser et masquer de ne pas avoir de cœur. Sauf que les autres ne sont pas cons et qu'au bout d'un moment, t'as beau les caresser dans le sens du poil et les endormir de tes salamalecs, ils se rendent compte que tu en fais des tonnes, et ils finissent par se demander si tu ne les prends pas un peu pour des cons, avec tes sourires mielleux. Et ma chance à moi, c'est que les gens ont toujours été assez gentils – je ne voudrais surtout pas dire trop *cons*, ce serait quand même le comble du cynisme ! – pour ne pas me le faire payer, pour ne pas me mettre une bonne fois pour toutes en face de moi-même. Jusqu'à Alexandrine. Par exemple, depuis le début de la conversation – enfin, *conversation*, façon de parler ! –, depuis le début de la conversation, je te serine : « J'ai aimé Alexandrine comme un fou. » Mais est-ce que c'était vraiment de l'amour ? Est-ce que je n'ai pas plutôt tout fait pour qu'elle ne se rende pas compte que j'étais incapable de l'aimer ? Que, depuis le début, je ne l'aimais pas ? Que, depuis le début, je me forçais pour lui faire plaisir ? Pour ne pas la décevoir ? Pour ne pas décevoir son authentique amour pour moi ? Pour me laisser le temps de vraiment finir par l'aimer ? Ou, tout simplement, pour ne pas donner, par orgueil et par narcissisme, une trop mauvaise image de moi ? Est-ce que ce n'est pas parce qu'Alexandrine est loin d'être conne et qu'elle m'a vu venir dès le début, mais qu'elle n'a pas eu le cran de regarder la situation en face et de réagir en conséquence parce qu'elle m'aimait authentiquement, elle ? Est-ce que c'est à cause de cela qu'elle a fini par me haïr, malgré toutes ces années de mes salamalecs amoureux de faux cul au cœur sec, sans jamais avoir eu le cran de me quitter parce qu'elle m'aimait trop pour cela ? C'est ça, finalement, notre histoire ? C'est moi, le salaud, dans l'affaire ? Tu vois, je te parle, là, je te raconte mon histoire, je fais mine d'être objectif, mais, depuis le début, regarde bien – tu l'as peut-être déjà noté sans me le dire, d'ailleurs –, depuis le début j'essaye de me faire passer pour une victime entre les lignes. Regarde : je prends bien soin de ne pas te dire de mal d'Alexandrine, mais c'est pour mieux te faire prendre mon parti. C'est ça, être spontané ? C'est pas machiavélique, ça ?

Mais bon, suffit l'autoflagellation – plus complaisante que sincère, en plus. Si Alexandrine avait vraiment été si malheureuse que ça avec moi, il ne fallait pas rester. Si elle est restée, c'est bien qu'elle y trouvait son compte, dans mon cœur sec, non ? C'est peut-être aussi qu'au fond il n'est pas si sec que ça, mon cœur, non ? Elle me dit : « Au fond, tu m'as jamais aimée. » Mais elle m'a aimé, elle ? Elle m'a donné envie de l'aimer, elle ? Encore le coup de la poule et de l'œuf. Et puis, pourquoi il y aurait un responsable à chaque fois? Je suis sûr qu'en ce qui concerne nos petits arrangements avec l'amour, la spontanéité et notre cœur sec, aux uns et aux autres, on est tous plus ou moins dans le même cas, tu ne crois pas? La seule différence, c'est que moi, je le reconnais et je le formule, que je ne suis pas franc-franc du collier. Et ma lucidité me fera forcément paraître démoniaque en comparaison du mec lambda qui dira *merde* à sa meuf quand il pensera *merde*, qui la baisera quand il aura envie de la baiser, qui lui dira *merde* quand elle refusera de baiser, sans chercher à arrondir les angles à tout prix même s'il n'en pense pas moins. Mais est-ce que ce type rendra sa meuf plus heureuse que je n'ai rendu la mienne? On est tous les mêmes, faut pas croire. Et puis, merde, je ne suis pas si mauvais que ça, c'est pas vrai. Je ne suis pas un bloc de cynisme et d'insensibilité, faux, archifaux! Ironie, peut-être, mais pas cynisme. Regarde l'état dans lequel ça m'a mis, toute cette histoire. On ne se retrouve pas dans cet état-là lorsqu'on n'a pas de cœur, non? Incapable d'aimer? Admettons. Admettons que je sois incapable d'aimer – selon je ne sais quels critères objectifs, d'ailleurs, mais O.K., admettons. Comme je me sens coupable de ne pas ressentir cette chose qui me dépasse – si on peut définir l'amour comme ça –, alors, à chaque fois, j'en fais trop : trop de mots d'amour, trop de disponibilité, trop de « t'es belle », trop de douceur, trop d'abnégation, jamais de crise, jamais de gueulantes, jamais un mot plus haut que l'autre, jamais un mot de refus, jamais de goujaterie, toujours du respect et de la galanterie, toujours prêt à faire plaisir, toujours prêt à baiser – enfin, ça, c'est mon seul égoïsme, mais bon –, toujours partant pour tout. Et tout cela, je précise, dans l'exclusivité et dans la durée, sans faux pas, sans jamais faire la gueule. C'est pas possible? Je te jure, je n'exagère pas, demande aux gens qui me connaissent bien, qui ont un peu suivi mon parcours au fil des années, tu verras. Eh bien, tout ça, c'est pas si mal, non? C'est mieux que l'impolitesse et l'égoïsme banals, non? C'est vrai, je n'ai pas la franchise de dire à une femme : « Désolé, je n'ai pas la force de t'aimer, n'attends rien de moi. » Je préfère assumer mes engagements, tâcher d'y croire et d'être heureux jusqu'à ce que, avec le temps, je finisse par ne même plus me poser la question. On n'est pas tous plus ou moins comme ça?

Et puis, je ne veux pas me la jouer *j'y suis pour rien*, mais, à chaque fois, ce sont les femmes qui sont venues me chercher. Moi, je te jure, je n'ai jamais dragué personne. Le coup de foudre, ce truc dont on te dit qu'il te scotche sans laisser aucune place à la distance, je crois que je ne sais pas ce que c'est, au fond. Je connais l'état d'attente amoureuse, de manque, je connais l'euphorie amoureuse, je connais la souffrance due à l'absence, je connais tous ces symptômes-là, mais le coup de foudre,

119

peut-être pas. Je sais, par contre, l'avoir éveillé chez pas mal de femmes. C'est peut-être cela, d'ailleurs, qui m'a toujours mis dans une subtile position de force dans le couple : le fait que, dès le début, je n'aie jamais redouté d'être quitté, allant parfois même jusqu'à le souhaiter secrètement pour pouvoir respirer. Je suis un homme libre contrarié, je te répète. Mais pas un salaud. À chaque fois, à chaque femme, je te jure, je me suis toujours montré très poli, très amoureux, et elles n'y ont vu que du feu. D'ailleurs, celles qui ont eu le cran de venir me chercher, elles se comptent sur les doigts d'une main : Apolline, Rozenn, Alexandrine, Gassy et Alice. Et, à chacune, j'ai répondu oui à chaque fois, tellement je lui étais reconnaissant d'avoir fait le premier pas. À chacune j'ai dit : « Tu es la femme de ma vie. » Et, je te le répète, à chaque fois, ce ne sont pas que des mots, c'est pour la vie que je m'engage, à chaque fois je mets le paquet. Je préfère me forcer un peu, mentir, me faire passer pour un être exceptionnellement épris et disponible au risque d'y engager ma vie, sans chercher à tout prix à me protéger, plutôt que de ne laisser dès le départ aucune place à l'illusion, plutôt que rester sur mes gardes et de ne provoquer aucune passion. Je ne suis pas fait pour l'amour raisonnable, je ne supporte pas la tiédeur, la médiocrité et la prudence. Ou, soyons franc, je ne supporte pas de ne pas susciter la passion, question d'ego. Je suis fait pour des relations de totale intimité avec les femmes, d'exclusivité mutuelle, sans quant-à-soi. Et, pour cela, il y a un prix à payer. C'est comme ça : à chaque fois, je repars comme en quarante et j'assume, il n'y a rien à faire. Est-ce que c'est si mal que ça ? Est-ce qu'on ne peut pas appeler ça aussi de l'amour ?

Et puis non, je suis désolé, à ma façon, je sais aimer, j'aime les femmes. Et, d'un point de vue plus général, j'aime les gens, je te jure. Je ne donnerais pas ma chemise, c'est vrai, je n'accueillerais certainement pas toute la misère du monde dans ma maison, c'est sûr. Mais j'aime faire plaisir, j'aime que les autres soient contents, je n'aime pas décevoir. Je suis disponible, patient, calme, généreux et de bonne humeur, ce sont mes qualités. Je sais mettre mes préférences de côté pour faire passer d'abord celles des autres, je t'assure, j'ai cette capacité-là. Je ne suis pas mesquin, je n'ai jamais emmerdé personne, ça, je peux te le jurer, tu peux le demander à n'importe qui, je n'ai jamais rien imposé à personne. Seul un être exceptionnellement narcissique peut avoir ces qualités-là, je suis d'accord. Je reste peut-être superficiel dans mes rapports avec les autres, d'accord. Mais je les respecte et je ne leur fais, somme toute, que du bien. L'histoire de personne ne m'est indifférente, même celle des cons et des chiants objectifs. J'ai lu quelque part ces mots à propos de je ne sais plus qui : *Indifférent mais fasciné.* Voilà, c'est exactement

121

ça : sans illusions sur les choses et les gens, mais fasciné comme un môme par leur existence, ce sont les mots, c'est comme ça que je suis. Je ne donne peut-être pas grand-chose de moi-même, c'est vrai, je me cache, c'est vrai, j'avance masqué, c'est vrai. Mais je ne fais de mal à personne. C'est de l'égoïsme, ça? Peut-on vraiment, par égoïsme ou narcissisme, donner autant que j'ai pu donner à Alexandrine, que j'ai, disons-le, oui, disons-le, je le dis, *que j'ai aimée*? Je suis humain, bordel, et je fais juste ce que je peux avec ce que je suis! J'ai mon cœur, moi aussi, merde!

Oui, donc, qu'est-ce que je te disais, déjà? Alice, sa note d'examen, le texto. Donc il fait beau et doux à mourir sur ce trottoir – *da morire*, comme ils disent en italien, ils disent ça à tout bout de champ : *bella da morire, amare da morire, felice da morire…* –, je sens qu'il est en train de se passer de drôles de trucs en moi, je me sens un peu dépassé mais j'assimile petit à petit, calmement, à débit dense mais régulier, ce trop-plein d'émotions. Je lui dis avec mes doigts *Je suis à ça de tomber amoureux de toi*, je l'appelle *Mon amour*, ces mots me dépassent sans doute mais ils ne sont pas aussi gratuits qu'ils en ont l'air, je lui demande de ne surtout pas oublier de me communiquer sa note d'oral parce que ça m'importe comme si j'avais passé toute la semaine à le lui faire réviser, cet oral, ça m'importe comme si on se connaissait depuis toujours, elle et moi. Elle a promis, on s'est regardés une dernière fois, embrassés une dernière fois, re-regardés une dernière fois, et puis il a bien fallu qu'on se quitte puisque, après tout, tout bien raisonnablement considéré, il n'y avait aucune raison pour que chacun d'entre nous n'aille pas, de son côté, reprendre sa vie normale. Elle est donc partie, et moi, j'ai continué sur ce trottoir interminable à la recherche d'un taxi pour rentrer chez mon père. Mais j'étais tellement sens dessus dessous que je laissais filer les quelques rares libres qui passaient. J'ai marché encore de longues minutes jusqu'au bout, jusqu'à l'intersection d'une grosse voie express parallèle au Fiume. Et là, à l'angle d'un énorme carrefour, au pied d'un feu rouge désert, je me suis arrêté de marcher parce que je ne pouvais pas aller plus loin. Là, j'ai réalisé brusquement que, lorsque l'on avait souffert comme j'avais souffert, tromper sa femme était la chose la plus naturelle du monde. Et, d'un coup, ça m'a libéré, d'un coup ça m'a rendu plus léger, d'un coup j'ai compris des générations d'hommes et de femmes adultères, d'un coup je me suis senti pris comme tout le monde dans l'engrenage d'une banalité triste et rassurante, avec un fatalisme dénué de toute culpabilité. Mon premier réflexe, d'ailleurs, comme tous les maris adultères, a été de chercher avec pragmatisme à effacer toute trace d'élément compromettant. Dans ma poche, il restait quelques préservatifs que j'ai déposés, avec la boîte, sur le couvercle d'une poubelle fixée au montant du feu rouge, par connivence au cas où, à l'intention, qui sait, d'un autre mari adultère de mon espèce qui n'aurait pas la chance de trouver une pharmacie de garde au bon moment. J'ai pensé aussi qu'avant l'aéroport, avant d'aller rejoindre Alexandrine le soir même à Paris, il me faudrait impérativement changer de vêtements, prendre une nouvelle douche et me laver les cheveux pour en faire disparaître le parfum d'Alice.

Bon, à partir de là, je ne sais plus trop comment te raconter les choses, comment te les présenter. Si je rentre dans le détail de tel ou tel événement ou si je le survole, si j'accélère le film des faits eux-mêmes en faisant un zoom systématique sur ce que je ressens ou si, au contraire, je te décris par le menu tout ce qui s'est passé. Mais, avant tout, je voudrais quand même savoir si je ne te prends pas trop la tête. Je parle, je parle, je parle, là, mais, comme tu ne me dis rien, impossible de savoir ce qui t'intéresse et t'intéresse moins dans tout ce que je te raconte. Impossible de savoir si tu m'écoutes par politesse en rongeant ton frein ou si tu t'identifies réellement à ce que je te dis de moi, bien que ce ne soit pas ton problème. Parce que c'est un risque, de prendre la parole, surtout si l'on parle de soi. On n'a aucune distance sur l'effet qu'on peut produire. Et, si ça se trouve, tu n'en as rien à taper, de mes états d'âme. Je ne sais pas, moi, t'as envie de la connaître, la suite ? Tu ne préfères pas aller te coucher ? T'es sûr ? Bon, d'accord, alors je continue. Quant à ma façon de raconter, on verra bien, ça vient comme ça vient et je te le sers comme tel, sans filtre, c'est plus simple. Si tu en as marre, tu me fais signe et j'arrête, O.K. ?

Donc, je finis par trouver un taxi et je rentre à l'heure du déjeuner. J'imagine que je parais à mon père et ma belle-mère comme me paraissent à moi ceux qui rentrent d'une nuit blanche passée à faire l'amour avec une inconnue dont ils se refusent encore à reconnaître qu'ils sont amoureux. Il y a à la fois quelque chose de lumineux et d'absent sur leur visage. Ils ne présentent aucun signe de fatigue, leur état transcende les lois de la biologie. Ils répondent à tes questions un peu automatiquement, avec un perpétuel sourire en suspens. Ils sont inaccessibles, *sur un nuage*, c'est le mot. Ils sentent l'été, la légèreté et le bonheur. Et même si l'on sait bien que ce bonheur est fugace, même si l'on sait bien que l'on ne peut pas construire une vie entière sur cette légèreté-là, on ne peut pas s'empêcher de les envier. Pendant le repas, mon père reçoit un nouveau SMS sur son téléphone portable : Alice m'annonce qu'elle a obtenu 30, je lui demande aussitôt si c'est une bonne note, elle me répond que c'est le maximum. Je suis fier d'avoir couché avec une excellente étudiante et, surtout, soulagé de ne pas lui avoir fait rater son examen. Mieux encore, je ne peux m'empêcher, un peu superstitieusement, de voir là un bon présage : j'ai dû lui porter chance. Elle dit qu'elle aimerait bien me revoir une toute dernière fois avant mon départ pour l'aéroport, elle me demande si je peux me libérer ne serait-ce qu'un quart d'heure, elle me rejoindra en Vespa là où ça m'arrangera. Je ne sais pas trop ce qui me fait lui répondre oui : son insistance amoureuse ou bien cette propension à l'attachement qu'elle libère en moi – pardon encore une fois pour le jeu de mots involontaire – par son insistance amoureuse. Bref, on raccroche, je tends le téléphone à mon père en décidant de ne pas me sentir coupable d'avoir à leur annoncer que, une fois de plus, je vais leur fausser compagnie.

Après le déjeuner, donc, je prépare mes bagages et, comme la veille, je sors de la maison et rejoins à pied la route principale. Mais, cette fois, avec un sentiment assez désagréable d'urgence et de fin de vacances. Alice m'attend dans le même square que la veille, mais avec d'autres vêtements, une Vespa garée à côté d'elle, et sans son chien. On se retrouve avec de vrais sourires, une vraie complicité, et aussi une vraie tristesse qu'on cherche tant bien que mal à transcender l'un et l'autre par nos sourires. Son regard ne trahit plus aucun instinct de défense à mon égard. Il est juste rempli de confiance et de reconnaissance, disponible et offert. Le mien fait mine d'ignorer cet appel, je regarde son t-shirt rouge et son sarouel en essayant en vain de me souvenir du grain de sa peau en dessous, de l'arrondi de ses fesses et du goût et de la couleur de son sexe : c'est à nouveau une étrangère. Nous nous disons longuement adieu, nous nous souhaitons bonne chance, bonne vie, sois heureuse, je te souhaite de tout cœur d'être heureuse, non, pas de mail, pas d'adresse, pas de téléphone, on a dit non, hein ? Mais, il n'y rien à faire, quelque chose sonne faux dans la certitude que j'ai que je ne la reverrai plus jamais. On se parle pendant une vingtaine de minutes avec beaucoup de douceur, on s'embrasse peu mais on s'enlace beaucoup, et puis je dois rentrer récupérer mes bagages et partir pour l'aéroport. *Non, pas de mail, ni téléphone, ni adresse, il ne faut pas. C'était magnifique mais il ne faut pas. Bonne vie, bonne chance.*

Je suis sur la moto de mon père, à l'arrière, c'est lui qui conduit et qui m'emmène à l'aéroport, j'ai un casque sur la tête et mon sac en bandoulière, et je regarde défiler puis s'éloigner Romanze dans cette lumière qui n'a pas changé depuis mon arrivée. J'ai l'impression de quitter un lieu qui me protège, je n'ai pas souvenir d'un départ aussi triste et nostalgique. Toute perspective objectivement positive est ternie par la chape de plomb Alexandrine : Paris à la fin de l'été, les derniers achats avant Tanambo, l'avion du retour, les retrouvailles avec les enfants et le soleil de là-bas. L'angoisse remonte au fur et à mesure qu'on s'approche de l'aéroport, mais plus raisonnable, plus maîtrisée. Elle ressemble au cafard qui me prenait enfant aux rentrées des classes de septembre. Mon père me dit au revoir sur le parvis en ne sachant pas vraiment quoi ajouter, parce qu'il est encore trop tôt pour les conseils. C'est moi qui parle : « J'ai fait ce que j'avais à faire, papa, ce séjour m'a sauvé la vie, je crois que tu peux comprendre. » Parce que, tandis que je l'embrasse, je réalise qu'il y a vingt-sept ans il a vécu la même chose que moi. Exactement la même chose, jusque dans les moindres détails : à deux ans près, il avait mon âge, il était expatrié en Afrique lui aussi, marié lui aussi, vivant avec ma mère depuis tout autant d'années que moi avec Alex, deux enfants en bas âge lui aussi, son couple qui pète, un amant mobalien pour ma mère, une amante italienne pour lui. Si, si, je te jure, véridique. C'est dingue, non ? D'ailleurs, entre parenthèses, il n'y a pas longtemps, je lui ai envoyé un SMS dans lequel je lui demandais : « Tu ne trouves pas ça troublant, qu'on vive *exactement* la même histoire, papa ? » Tu sais ce qu'il m'a répondu ? Il m'a répondu : « C'est ça, l'éducation. » Pas mal, hein ?

Donc, il repart sur sa moto, en se retournant trois ou quatre fois de suite tandis qu'il s'éloigne, comme il a l'habitude de le faire à chaque fois qu'il s'en va et que je ne le reverrai plus avant longtemps, toujours le même rituel depuis mon enfance.

Je rentre dans l'aéroport, je vais retirer mon ticket d'embarquement et, d'une cabine téléphonique, j'appelle Alexandrine à Paris pour connaître le nom et l'adresse de l'hôtel qu'elle nous a réservé et où je dois la rejoindre, puisque nous avions décidé qu'à mon retour de Romanze on irait à l'hôtel pour mieux se retrouver. Je te rappelle que nous ne nous sommes pas parlé depuis l'avant-veille au téléphone. Mais, cette fois, je me fous de ce qu'elle pensera de moi et de ce qu'elle pourra bien me dire. Pour la première fois, je n'attends pas d'elle en tremblant de la douceur ou un mot gentil pour m'autoriser à me sentir bien. Je rassemble juste mes forces prises ces dernières quarante-huit heures pour ne pas flancher dans ma décision de ne plus dépendre de ses humeurs. Elle décroche. Son ton veut me prouver qu'elle veut bien m'adresser la parole et tenter de discuter calmement, mais qu'elle n'en pense pas moins et que, de toute façon, je suis irrécupérable. Dans ma voix à moi, il doit y avoir un drôle de mélange de vengeance, de détachement et de résignation. Je n'ai plus peur, je sais à nouveau que je suis un homme, moi aussi, je peux me lever une amante rien qu'en claquant des doigts, égalité, un set partout, je veux bien qu'on recommence toi et moi, je veux bien qu'on oublie tout, si tu es partante je suis partant aussi, je ne demande pas mieux, la vie de famille, moi, ça me branche, toi aussi, tu me branches bien mais je te préviens, l'enfer plus jamais, je sais que j'ai des ressources, moi aussi, j'aime la vie, moi.

Bon, bien sûr, tout ça, je ne le lui dis pas. Je me contente de le penser, je me contente de m'en persuader. Parce que, au fond de moi, je n'ai pas envie de la revoir, c'est trop tôt, je n'ai pas envie de réaffronter tout de suite la tronche qu'elle va me tirer et les reproches qu'elle va me faire. Ce que je lui dis, d'un ton assez assuré, à la limite de la provocation, c'est : « Salut, c'est moi, ça va ? Romanze, ça m'a fait beaucoup de bien, ça m'a donné le temps de me recentrer un peu, de réfléchir, j'ai beaucoup réfléchi, je te promets que je ne t'emmerderai plus avec mes jérémiades de cocufieur cocufié, ça va beaucoup mieux, je suis prêt, je suis reconstitué, c'est bon. » Bien sûr, mon discours est à double sens, plein de perversité. Au fond de moi, je voudrais qu'elle sache pour morfler à son tour, pour me regarder à nouveau comme quelqu'un de désiré donc désirable, c'est sûr. Mais je suis prêt à assumer ce que je lui dis, je te jure. Elle me connaît par cœur, elle sait que, en général, je ne dis pas les choses en l'air, elle sent bien au ton de ma voix qu'il s'est passé un truc, elle reste sur la défensive, du style : O.K., on verra bien, je veux bien te croire mais tu ne vas pas t'en tirer comme ça non plus, n'oublie pas que tu es un monstre et que tu m'as brisée, ciao, à ce soir. Je raccroche et, juste après, dans les trente secondes, qu'est-ce que je fais ?

J'appelle Alice, dont j'ai soigneusement conservé le numéro dans mon portefeuille, planqué dans les plis de mon permis de conduire. J'appelle sans honte, froidement. Juste avec la conscience que, par ce coup de fil, je rentre de plain-pied dans le mensonge et la schizophrénie moi aussi, que ma double vie de mari adultère commence officiellement, au même titre que celle de n'importe quel petit mari adultère lambda. Tu te dis : « Ça y est, j'y suis aussi, c'est que ça doit être inévitable, ces choses-là. » Tu te retrouves avec, dans la tête, le sourire amer de la médiocrité impuissante, tu réalises que tes illusions étaient bien trop pures pour toi, tu as mentalement le sourire mauvais du mec qui ne sera jamais au-dessus de la moyenne et qui n'a plus que son sourire pour conjurer, tout à coup tu deviens fataliste, et, dans ta médiocrité, tu découvres un nouveau sentiment, à la fois écœurant et jouissif, tu découvres que tu te sens bien dans le mal, même si la conscience d'être dans le mal, il faut quand même le dire, te gâche un peu le côté bien. Après Alex, donc, je raccroche, je prends le bristol du resto dans les rabats de mon permis de conduire, je re-décroche le combiné, je compose, je laisse sonner et, à Alice qui répond presque tout de suite, je dis qu'on ne peut pas se quitter comme ça, que je ne peux pas ne plus avoir de ses nouvelles, que je crois que je suis amoureux, que je me fous de savoir si je fais une connerie ou pas et que, sitôt récupéré mon téléphone à Paris, je lui envoie par SMS mon e-mail, mon téléphone en France, mon adresse professionnelle à Tanambo et mon téléphone aussi là-bas, le personnel et le professionnel.

De mon retour à Paris, j'ai surtout souvenir du trajet en taxi depuis l'aéroport. Il faisait un vrai soir d'été en France aussi, un crépuscule très doux, très dégagé, le ciel était un dégradé d'orange et de bleu nuit, la voiture fonçait sur le périph fluide et je pensais tour à tour à ces vingt-quatre heures passées avec Alice et aux prochaines foudres d'Alexandrine. Plus j'approchais de la ville, plus l'angoisse remontait, mêlée à ma volonté forcenée de me persuader que je m'étais libéré. Pour me donner des forces, pour que je me visse bien dans le crâne que je ne craignais plus Alexandrine, qu'elle n'aurait désormais plus jamais le pouvoir de me miner, je griffonnais un peu trop nerveusement sur un petit carnet, en anglais : « Alice, tu me manques, ton sourire me fait sourire, Alice, tu me manques, tu m'as redonné la vie et le sourire, tu n'imagines pas ce que tu viens de faire pour moi, je veux te revoir, tu me manques, tu me manques, tu es mon ange, tu es mon ange italien, mon ange blond italien, j'ai rencontré un ange », ad libitum. Et puis mon taxi est arrivé devant l'hôtel, dans le Marais, exactement au même moment que le taxi d'Alexandrine, qui amenait avec elle nos bagages. Mon cœur battait, non pas par culpabilité, ça non, mais parce que je me formulais consciemment depuis Romanze qu'Alexandrine me foutait sous tension chaque fois que je la voyais, et que je ne me retrouvais vraiment moi-même qu'en étant seul ou en compagnie d'autres gens, jamais en sa présence. Mais, contre toute attente, elle est plutôt bien disposée à mon égard. En tout cas, elle ne me fait pas la gueule. Tant mieux, même si j'ai fini par découvrir quelques semaines après que, ce qui l'avait calmée et lui avait donné la force de me parler normalement à ce moment-là, c'est qu'elle avait repris contact par mail avec son Mobalien l'après-midi même, à peu près à l'heure où je disais au revoir à Alice dans le square, à Romanze. Résultat, une fois dans la chambre d'hôtel, avec le lit en évidence étalé devant nous, il a été à nouveau question de faire l'amour. Mais, une fois nus et ma main entre les cuisses d'Alex, ma tête me trahit à nouveau, c'est le cercle infernal, impossible de bander, comme depuis trois semaines je n'arrive plus à bander à cause du Mobalien, tout comme j'ai bandé comme un âne quinze fois par jour pendant tant d'années pour des prunes. Pas un mot d'encouragement d'Alexandrine, pas une main secourable ou compatissante posée sur mes cheveux, pas une douceur, rien, juste le regard « Laisse tomber » du jour de son retour de Kodong, juste le regard « Il savait me faire tourner, lui, dans ma chambre d'hôtel, là-bas », juste ce putain de regard « Démerde-toi tout

133

seul, je ne suis pas ta nurse », juste ce qu'il faut dans son regard pour me faire me sentir une fois de plus une merde sans avoir à me le dire. Elle se dégage doucement de mes bras, se retourne et s'endort en chien de fusil en me faisant la gueule comme elle sait si bien faire, comme si toute la misère du monde l'avait choisie, elle, Alexandrine, pour lui tomber sur le coin de la gueule et que j'étais, moi, toute sa misère du monde à elle, Alexandrine. Elle se retourne comme d'hab' en me faisant la gueule, mais cette fois, je m'en tape, j'ai Alice et ma queue parfaitement raide et endurante pour elle dans mes pensées, cette fois je ne me rends pas malade, cette fois je ne rumine pas cette phrase mémorable qu'elle m'avait sortie dans une occasion semblable, une semaine avant Romanze, alors que je lui disais que ça me rendait malade, de ne plus parvenir à bander pour elle à cause du Mobalien : « Tu sais, il ne faudrait pas trop que ça dure. Sinon… » Cette fois, pas de nuit blanche à pleurer sur ma traîtresse de bite, à me dire que la vie est mal foutue et qu'un jour je crèverai de désir. Cette fois, moi aussi, je m'endors.

En revanche – c'est le cas de le dire –, le lendemain matin, boosté par le souvenir d'Alice, je baise Alexandrine trois fois de suite dans la chambre, comme je ne l'avais pas baisée depuis longtemps, longuement, fermement, crûment, comme un affrontement, comme elle aime. C'est la tension installée entre nous depuis tous ces longs mois et notre esprit revanchard mutuel qui nous fera baiser comme ça, chaque matin et chaque soir, dans cette chambre d'hôtel. Les séances sont musclées mais sans bonheur, on le fait chacun pour soi. Ça se fait sans tendresse, ça sent le chant du cygne, c'est complètement tordu : c'est la perfusion Alice qui me fait bander et tenir face à ma femme, et c'est le souvenir de la bite de son Mobalien qui lui fait, à elle, bien vouloir de la mienne. Dans la journée, la tension est à peine calmée par ces rendez-vous au lit. Mais Alexandrine reste réticente. J'en voudrais davantage, de ces séances, je voudrais qu'on y passe nos journées, au lit. Parce que, plus que tout au monde, j'aime baiser, parce que j'aime baiser Alexandrine, parce que je voudrais rattraper une fois pour toutes toutes ces années de désir à crever, et puis aussi parce que je crois qu'avec de la bonne volonté de part et d'autre, on pourrait redémarrer sérieusement notre couple sur une bonne base comme celle-là et y retrouver la tendresse par la même occasion. Mais Alexandrine a la rancune tenace, je l'ai brisée, je l'ai trahie, c'est pour la vie, elle ne va certainement pas me laisser m'en tirer comme ça. Avec la gueule qu'elle me tire les trois quarts du temps, je te jure, je n'ai pas le choix, elle me contraint au combat psychologique. Et moi, évidemment, depuis Romanze, j'ai repris du poil de la bête, *de la bite* – excuse, elle était inévitable celle-là –, j'en rajoute, j'ai sournoisement besoin de me venger, j'ai connement besoin de prouver à Alexandrine qu'elle n'a plus désormais le monopole de l'adultère consommé, qu'elle n'a plus sur moi cet ascendant écrasant, que je ne serai plus son jouet et que j'ai ma fierté, moi aussi. Un soir, même, on va en boîte vers Pigalle, Alexandrine fait la gueule sans raison – en tout cas ce n'est pas à moi qu'elle la fait, la gueule, je crois qu'elle se la fait à elle-même. C'est d'ailleurs ça, son problème, à Alex, c'est que c'est à elle-même, finalement, qu'elle fait tout le temps la gueule. Donc, elle refuse de danser pour je ne sais quelle raison, et moi, je décide de m'en taper, je vais sur la piste. Plein du souvenir d'Alice, je danse seul et longuement tandis qu'Alex, plombée par ma bonne humeur, reste assise à faire le museau devant son Coca qui s'évente. Cette fois, pas question de m'interrompre, pas question d'aller lui demander toutes les cinquante secondes avec ma voix doucereuse, compatissante et coupable : « Tu veux pas venir ? Mais qu'est-ce que tu as ? J'ai dit ou fait quelque chose qui t'a pas plu ? Tu veux qu'on rentre ? » Pas question de chercher à la rassurer, pas question de me sentir coupable de chercher à être heureux et de ne pas me faire aussi la gueule à moi-même. J'ai décidé d'arrêter de payer et, pourquoi pas, de lui faire un peu payer à son tour, elle aussi. Alors je danse en continuant à sourire au si doux souvenir d'Alice. Un matin, d'ailleurs, c'est plus fort que moi, j'ai besoin de remuer le couteau dans la plaie, de jouer un petit peu avec le feu. Au cours d'une conversation, je lui dis : « Regarde, t'as pas remarqué ? Je ne me plains plus, je ne geins plus sur le Mobalien, je ne cherche plus de nurse ni de maman, je me prends en main. C'est à Romanze que j'ai compris qu'il fallait que je me prenne en main. » Mais je le claironne trop pour que ça sonne authentique, pour que ça ne sente pas la revanche froide. Je voudrais qu'elle sache, mais sans avoir à lui avouer. Le deux ou troisième jour, même, Alex reconnaît devant moi qu'effectivement j'ai changé et, agacée par mon autosatisfaction et mon enthousiasme un peu agressif, elle finit par me demander franco : « Il s'est passé quelque chose, pendant que t'étais à Romanze ? » Évidemment, je nie, je jubile même de nier avec un tel aplomb, je lui dis, presque réprobateur : « Mais comment veux-tu qu'il se soit passé quoi que ce soit en deux jours, avec mon père et ma belle-mère à moins de dix mètres vingt-quatre heures sur vingt-quatre ? » Et là, elle me sort, assez menaçante, trop menaçante pour me donner envie de lui dire la vérité : « Écoute, si j'apprends un jour qu'il s'est passé un truc à Romanze et que tu ne me l'as pas dit, là, je te garantis que tu vas *vraiment* découvrir ma face B. Alors, si tu as quelque chose à me dire, vas-y, c'est le moment, profites-en, c'est tout de suite ou jamais, il n'y aura pas de deuxième chance. »

137

C'est à partir de cette phrase précise, je m'en souviens, que j'ai consciemment décidé d'assumer de mentir comme un arracheur de dents désormais. Je profite des moments qu'Alexandrine passe avec sa sœur dans la journée pour appeler Alice, à qui je dis que j'ai besoin de la revoir et que la douceur de notre nuit et de son sourire me manque à mourir. *Da morire.* Et pourtant, le soir, c'est ma femme que je baise et que j'essaye de persuader de mon amour inconditionnel pour elle. Est-ce Alexandrine que je trompe, ou bien Alice? Je me sens noyé dans une confusion commode, paroxystique, je me sens devenir potentiellement machiavélique, je me dis qu'il est facile de devenir un salaud, je commence à comprendre les criminels et les dictateurs. Deux, trois jours après, dans l'avion qui nous ramène à Tanambo, j'ai une tristesse intense en remarquant, sur la carte numérique incrustée dans le dossier du siège, devant moi, qu'on est en train de passer au dessus de la région de Romanze. Sur son siège, Alexandrine dort. J'en profite pour écrire à Alice dans mon carnet, toujours en anglais, que je me sens mal, que je ne sais pas ce que je fous encore dans cet avion tandis que Romanze s'éloigne sur la carte. Que j'ai envie de prendre un parachute et de sauter, là, tout de suite, et de la retrouver sous cette lumière de fin d'été, les deux plus beaux jours de fin d'été de ma vie.

À Tanambo, on retrouve les enfants, la maison, le quotidien, je reprends le boulot. Alexandrine décide de continuer à faire chambre à part. Même si j'y reviens blindé par ma rencontre avec Alice, Tanambo est à dix milles bornes de l'Italie, et, dès que je mets le pied dans la maison, tous les fantômes des trois semaines que j'ai passées à trembler comme un cocu pendant qu'Alexandrine était à Kodong, ainsi que tous les nouveaux qui ont surgi et se sont développés à son retour me sautent à la gueule. Ce sont des détails de rien du tout, mais qui, parce qu'ils sont entrés dans mon quotidien à ce moment-là, au cours de ces quelques semaines, prennent un relief et une charge dramatique insoupçonnés : une nouvelle marque de shampooing, la sonnerie *Espionnage* de mon nouveau Nokia, certaines rues désertes de Tanambo que je n'avais jamais empruntées auparavant, les clips de *Brozasound TV*, tout l'album du groupe *Tribalistas* – tu connais ? –, le DVD de *Lost in Translation* qu'elle avait rapporté de Kodong et dont, pendant tout le temps qu'on le regardait ensemble, un soir, avant Romanze, j'ai identifié l'histoire de la fille à la sienne sans le lui dire, avec Bill Murray dans le rôle du Mobalien et Tokyo dans celui de Kodong. C'est terrible, les odeurs et les objets. Et, pire encore, la musique, non ? Chaque fois que je franchis le seuil de ma salle de bains, c'est les micro-projections de mon sang sur les murs, le samedi de mon massacre, qui me reviennent en mémoire. Tout ce qui touche à Alexandrine éveille chez moi une suspicion maladive : la bulle matérielle qu'elle s'est fabriquée pour se protéger, pour exister, pour ne plus, comme avant, dépendre exclusivement de moi et miser tout exclusivement sur moi, et qui me donne la sensation qu'elle m'échappe encore davantage : sa chambre, ses bouquins, sa musique, ses fringues, ses petites culottes, ses flacons de parfum, son sac, ses carnets intimes, son téléphone portable, ses conversations à voix basse dans le jardin, les heures qu'elle va passer au cybercafé à écrire je ne sais quoi à je ne sais qui. Tout ça plus les mecs, bien sûr, tous les mecs potables et tous les Blacks de plus de 1,85 m et 90 kg qu'on peut croiser dans la rue ou voir à la télé. Je me fais penser parfois au personnage de François Cluzet dans *L'Enfer*, de Chabrol – tu l'as vu, ce film ? Eh bien, va le voir, tu verras, c'est exactement ça, tu y retrouves tous les symptômes d'une jalousie maladive. Sauf qu'Emmanuelle Béart, sa femme dans le film, est douce, souriante, ne fait pas la gueule, et que lui, Cluzet, finit par devenir violent et par vraiment péter les plombs. Moi, je me contente de mon angoisse invivable et de jouer à l'indifférent pour faire payer à Alex cette angoisse. Face aux autres, je donne le change comme je peux. En coulisses, j'écris obsessionnellement sur des bouts de papier des questions que parfois j'ai le courage de poser à Alex et auxquelles elle me répond, selon, volontiers, ou bien auxquelles, agacée, elle refuse carrément de répondre : « La sienne était plus grosse et plus longue que la mienne ? », « Tu as crié ? », « Il t'a prise par-

derrière? », « Il avait des poils sur le torse? », « Il te
faisait rire? », « Il t'a dit qu'il t'aimait? », « Tu es
amoureuse? », « Tu penses à lui tous les jours? », « Tu
as gardé les photos que tu as prises de lui sur ton
lit? ». Et, paradoxalement, on baise. On prend
rendez-vous, entre midi et deux, ou le soir après
avoir couché les enfants, elle m'invite par SMS dans
sa chambre, je l'y invite dans la mienne, on allume
des bougies, on fait brûler des huiles essentielles par-
fumées, on met de la musique, ça pourrait être très
sympa comme principe, en plus on baise bien, on
baise bien parce qu'on baise enfin chacun pour soi,
on a fini par le trouver comme ça, notre équilibre sur
ce point. Mais il y a une boue putride permanente
qui englue nos rapports. Entre nous, ça moisit, ça
pourrit de jour en jour. Les rancœurs et la haine
sourde d'un côté, la revanche et l'angoisse tenace de
l'autre. La confiance et l'innocence, de part et
d'autre, c'est fini. De mon côté, bien sûr, pour me
protéger aussi, j'ai Alice. Mais je suis encore beaucoup trop confus pour savoir si elle est toujours dans
ma vie pour accompagner en douceur mon retour
définitif vers Alexandrine ou bien si, au contraire,
j'attends de quitter Alexandrine pour aller retrouver
Alice pour toujours, même si cette dernière solution
est, du point de vue pratique et éthique, tout à fait
inenvisageable. Tout ce que je sais, tout ce que je ressens sans me poser trop de questions, sans me laisser
bouffer par le malaise et le souci, c'est l'impatience

de quitter chaque matin l'enfer sournois de la maison pour aller découvrir les e-mails-fleuves et les photos d'elle qu'Alice m'envoie sur l'ordinateur de mon bureau. C'est la fenêtre que j'ouvre dans mon esprit lorsque je réponds moi-même par les quelques rares photos de moi qu'il me reste et par des e-mails-fleuves aux siens, des lettres interminables dans lesquelles, précisément, comme au premier jour sur le banc du square, je ne lui cache rien. Rien de mon histoire, de mes histoires, rien de ma confusion, de mes contradictions, de mon sentiment de culpabilité, de mon désir à crever et de mon hypocrisie dans l'amour. C'est la première fois que je ne cache rien de la sorte à quelqu'un.

Nous établissons ainsi, jour après jour, une relation à la fois virtuelle et sincère de mots, on met l'un et l'autre un point d'honneur à aller le plus loin possible dans la sincérité et l'auto-analyse de nos défauts respectifs, un peu comme si l'on voulait préparer un terrain nickel pour un avenir en commun. Dans la journée, elle m'envoie par SMS des vers de Pessoa, elle me demande si je préfère la mer ou la montagne, les douches ou les bains, la voiture ou le train, si j'aime l'huile d'olive, les chiens, les filles qui se maquillent, les strings et le groupe Orishas. Je lui raconte mon enfance, les crépuscules de Tanambo au retour de la plage le dimanche, les pleines lunes énormes, les vents à décorner les zébus et l'odeur de la saison des pluies, je lui demande par SMS si elle préfère les frites ou les patates douces, si elle ne déteste pas trop le foot, si elle aime les hommes en costume-cravate et Debussy. Elle me fait un bien fou. Malgré la distance, sa présence me procure une sensation oubliée de paix, de légèreté, de simplicité, de douceur, de lumière. Tout ce qui touche de près ou de loin à l'Italie, bien sûr, me fait penser à elle et éprouver d'autant plus cruellement le temps et les kilomètres qui nous séparent : l'italien des patrons des restos italiens de Tanambo, une Ferrari imprimée sur un t-shirt sur le trottoir, une marque italienne de machine à laver, un homme politique italien interviewé aux infos de vingt heures, une apparition du pape à son balcon de Rome, un titre de Primo Levi aperçu dans les rayonnages de la bibliothèque municipale de Tanambo. Jusqu'aux matches de l'équipe de foot de Monte que je regarde en direct sur Eurosport en me disant, lorsqu'ils jouent à domicile, qu'Alice doit se trouver à moins de deux ou trois kilomètres maximum du stade à cet instant précis. Tout ça me replonge à chaque fois dans Romanze, dans cette lumière de fin d'après-midi dans le square, dans l'exceptionnelle douceur de ce début septembre, dans la pénombre de sa chambre d'étudiante fenêtres ouvertes, à nos ombres sur le lit dans la nuit, tout ça me renvoie sans cesse au visage et au sourire d'Alice. Et ces images sont pour moi autant un refuge qu'elles attisent une terrible sensation d'absence, un peu comme une drogue délicieuse, mais aux effets trop évanescents et à la descente sévère.

Sans s'en douter, elle me fait renouer avec ma latinité, avec la Méditerranée, avec mon enfance ensoleillée. Elle me fait penser à des films légers tournés dans les années soixante sur la Côte d'Azur, en été, avec des voitures décapotables, le soleil omniprésent et le chant des cigales en fond sonore, elle me fait penser à l'Italie dans *Le Corniaud*, elle me fait penser à des westerns spaghetti, à *Jean de Florette* et *Manon des sources*, à des Don Camillo en noir et blanc, au Maroc de *Cent mille dollars au soleil*, au soleil du *Salaire de la peur*, à des films de Philippe de Broca, à des films italiens aussi, bien sûr, à des films avec Naples pour décor, du style *Parfum de femme*, avec Vittorio Gassman, elle me fait penser à tous ces films pleins de soleil, mais aussi aux palmiers des petites gares varoises désertes à midi en plein mois d'août, aux horaires d'été placardés aux débarcadères des navettes de la rade de Faront, à des tonnelles, à des courses à Carrefour pour un barbecue en famille, à l'arrière-pays provençal, au retour de la plage, aux poils des bras qui blondissent quand on bronze, au goût du sel dans les cheveux, à des désirs adolescents au bord de la piscine exacerbés par l'odeur des pins maritimes, à des balades en tongs entre les vignes, à des matches de tennis torse nu, au Luberon, à la mer, à des sentiers côtiers, à Porquerolles, à des bains de minuit, aux îles grecques, à des beignets de calamar à Tarifa, elle réveille en moi des sensations solaires même antérieures à tout ça, pas forcément méditerranéennes, elle me fait penser aux années soixante-dix, dont il me semble, de façon tout à fait arbitraire, que la lumière du soleil y était plus crue et le monde plus vaste, moins peuplé, plus silencieux, comme le monde peut le paraître lorsque tu es gamin et que tu vis dans des pays de soleil, elle me fait penser à une mer d'huile en Levantie, un certain petit matin vaporeux du printemps 1979, elle me fait même penser à un déjeuner au bord de la piscine de l'Hôtel Laguna, en pleine brousse du pays Sonoufo, un jour de juillet 1982, lorsque l'observation des nuages dans un ciel infini me faisait désirer un lieu trop absolu et trop abstrait, trop *au-delà*, quelque chose que je n'arrivais pas à formuler et dont j'avais, déjà, si jeune, l'impression que je ne l'attendrais jamais, un monde immuable fait de paysages, de ciels et de lumières identiques à ceux de ce monde mais pourtant pas de ce monde, moins concret, moins terre-à-terre, je ne sais pas. Elle me donne envie de nouveaux voyages : du Brésil, du Portugal, d'îles dans le Pacifique. Avec elle, j'ai l'impression que, même si je n'atteindrai jamais ce lieu, je n'aurai plus besoin de le chercher. Voilà, tu vois, c'est un peu ça que le souvenir et la pensée d'Alice me procurent à ce moment-là.

Et, ce qui me fait plaisir, c'est que je ne suis pas tout seul à rêver. Un jour, deux semaines à peine après mon retour, elle m'envoie un document attaché de huit pages écrites serré. Dans la case « Objet », elle a marqué : *Devo raccontare una storia.* Elle y raconte en italien notre rencontre, c'est un peu le contrechamp de ma version, son point de vue à elle, le point de vue féminin, tu vois ? Ce texte a vraiment marqué une étape supplémentaire dans ma façon de considérer Alice, de découvrir la véritable teneur de ses sentiments pour moi, donc de mieux m'aider à définir les miens pour elle. C'est précisément à partir de ce texte que j'ai pu me dire consciemment : « Elle me plaît vraiment. Je l'aime. » Pourquoi ? Parce que, tout d'abord, elle écrit très bien. C'était de l'italien, O.K., mais, avec le mini-dictionnaire bilingue que j'ai demandé à Claudio de me prêter – tu vois qui c'est, Claudio, le mec avec la Honda bleue –, j'ai pu tout comprendre. Elle décrit les choses très finement, avec, à la fois, beaucoup de maturité, de sensibilité, de gravité, d'humour et de précision. Et une écriture maîtrisée, quand tu sais la décoder, il n'y a pas à dire, ça te montre toute l'étendue de ton interlocuteur, il n'y a pas plus évocateur des possibilités mentales et du pouvoir d'imagination d'un individu, c'est ta meilleure carte d'identité, ton meilleur interprète, ton meilleur porte-parole. Ton meilleur détecteur de mensonges, aussi, dans certains cas. Je me souviens par cœur de bouts de phrases comme – je traduis mot à mot, hein : « Seule et simple je glisse sur l'asphalte comme de l'eau, insensible aux rumeurs alentour », comme : « Un paradoxe de sensations qui m'empêchent de croire que je suis vraiment la même qu'il y a deux jours », comme : « Vingt-quatre heures d'une passion limpide », comme : « L'un et l'autre tranquillement protégés par notre anonymat respectif », comme : « Des heures denses et inquiètes », comme aussi – cette fois je te la dis directement en italien, je ne traduis pas. Bon, c'est un peu long mais, même si tu ne comprends pas, tu sentiras que c'est beau : « *Tutti e due stravolti dalle nostre stesse emozioni ci contorcevamo nei nostri desideri per riuscire a non dire ciò che non doveva essere detto.* » T'as compris ? C'est beau, hein ? Son utilisation précise d'adjectifs relativement complexes, comme « *labile* », par exemple, pas du tout pédante, me fait d'ailleurs me demander si l'italien intègre plus naturellement que le français ces notions dans le langage courant. Bref, c'est comme ça qu'elle a confirmé sa séduction, par l'écriture. Mais bon, peut-être que, de mon côté, j'attendais la première occasion valable pour m'emballer, je ne dis pas le contraire. Mais il n'empêche que, avec ses mots qui me révélaient parfaitement sa vision à la fois distanciée et incarnée des choses, elle a tapé dans le mille.

Et puis, c'était la première fois de ma vie que je me voyais mis en scène. C'est quelque chose, de devenir un personnage à la troisième personne du singulier sous la plume de quelqu'un qui sait écrire. Tu te reconnais, mais, en même temps, on te donne sur toi des précisions physiques et psychologiques auxquelles tu n'aurais pas pensé mais qui sonnent juste. Tu te découvres sous d'autres angles, on te met en exergue des trucs, des paroles, des gestes que tu as eus, qui te paraissaient à toi complètement insignifiants mais dont, en fait, tu te rends compte qu'ils te définissent très bien. On se voit à distance, mais sans distance, tu vois ce que je veux dire ? Non, ça vaut le coup, je t'assure. Par exemple, elle me décrit, je cite de mémoire, « traversant la place inondée de soleil, vêtu de couleurs claires et s'avançant lentement, léger, les yeux verts, les traits du visage nets et précis, les cheveux longs et blonds, on dirait un ange, ou un pirate », tu vois le genre ? C'est bon pour le moral, non ? Elle décrit notre nuit aussi, elle a décrit nos étreintes avec ses mots à elle, et c'est beau, des mots de femme qui décrivent son propre plaisir, ça ne ment pas, ça ne cherche pas à en mettre plein la vue, ça passe par des paramètres complètement différents des nôtres. C'est cool, non ? Et puis, c'était flatteur et rassurant, pour moi, de me retrouver dans le rôle du prince charmant après trois mois de celui du mari salaud, cocu et mou de la bite. En fait, ce qui m'a plu, dans ses descriptions, c'est de me sentir observé avec attention, c'est de me sentir admiré, et *aimé*, disons-le, même si je sais parfaitement qu'après une conversation dans un square, une nuit et quelques lettres, il est un peu risqué de parler d'amour. Quoique.

Comme notre liaison repose depuis le début sur les bases d'une impossibilité de se concrétiser, Alice, je le sens, voudrait mais n'ose pas me demander davantage. Après mon comportement de petit mari adultérin avec Alexandrine, même si je prends bien soin de ne lui faire aucune promesse, je me sens parfois avec elle dans le rôle caricatural, déprimant, de l'amant marié qui n'arrive pas à se décider. Pour me le demander quand même mais sans me le demander tout à fait, elle m'annonce qu'elle a largué son mec à Monte. Je prends cela comme un geste significatif mais je lui dis que je ne peux pas agir aussi librement qu'elle. Elle me répond qu'elle comprend très bien, qu'elle ne me demande rien. On s'écrit, c'est déjà ça. SMS, e-mails, téléphone : on se raconte chacun notre histoire et notre vie dans les moindres détails, on s'écoute, on s'échange instantanément des dizaines de milliers de mots à travers dix mille kilomètres d'éther, on apprend de jour en jour à se connaître, notre attirance réciproque et nos similitudes se confirment, il apparaît de plus en plus évident qu'il y a là un chouette couple à former mais c'est impossible, je le lui dis tous les jours : «Tu sais aussi bien que moi

que c'est impossible, hein ? » Un jour, je lui dis :
« Où allons-nous ? C'est absurde », le lendemain je
lui dis : « Qu'importe que ce soit absurde ou pas,
qu'importe où l'on aille, allons-y, ne réfléchissons
pas trop, ne cessons pas de nous écrire, ne cessons
pas de commencer à nous aimer comme nous le
faisons si bien, ne cessons pas de nous manquer. »
Un jour, je lui dis : « Ça fait mal mais c'est si bon »,
le lendemain : « C'est bon mais ça fait si mal. » Malgré l'habitude que j'ai prise de rentrer tous les jours
à midi et le soir à la maison, comme si de rien
n'était, d'embrasser mes enfants et d'expédier les
affaires courantes avec Alexandrine, la situation est
intenable. Je me rends compte que, tout petit mari
adultérin médiocre que je suis, je ne suis pas doué
pour le mensonge de longue haleine. Je sens que je
ne tiendrai pas le rythme longtemps, il faut agir. Un
matin, je dépose les enfants à l'école. Je les regarde
s'éloigner lentement, main dans la main, leur gros
cartable sur le dos, et les larmes me montent aux
yeux : l'innocence, ça te démolit. J'ai beau essayer
de les imaginer à seize ans, deux grandes gigues,
avec leurs potes, les petites copines, les petits
copains, leurs secrets et faisant la gueule, rien à
faire, je ne peux pas leur faire ça. Je sèche mes
larmes, je cours les embrasser et, une fois qu'il sont
rentrés en classe, j'envoie aussitôt un SMS en espagnol à Alice. En gros, je lui dis que ça me tue, mais
qu'il faut qu'on arrête, que je n'en peux plus, que

je vais devenir fou. Moi, depuis le début de toute cette histoire, c'est comme ça que je procède : un pas en avant, deux en arrière. Avec Alexandrine, un pas en avant : *Je te quitte*, deux en arrière : *Je reste*. Avec Alice, un pas en avant : *Pas de mail, pas de téléphone, pas d'adresse*, deux en arrière : mail, adresse, téléphone, plus une correspondance nourrie qui nous soude chaque jour davantage. Soit je ne sais vraiment pas ce que je veux, soit je n'arrive pas à accepter qu'il est grand temps que je quitte Alexandrine. Alice, pas folle – c'est une femme, hein, et elles sont moins couillonnes que nous, il n'y a pas à dire, elles sont très fortes –, Alice, elle, elle m'a vu venir dès le début. Tout comme Alexandrine, d'ailleurs. Elles m'ont vu venir l'une et l'autre, mais pas sous le même angle. Elle répond à mon SMS par un poème connu de Neruda, tu sais, celui où il y a cette métaphore de l'arbre qui, par dépit amoureux, est contraint d'aller plonger ses racines dans une autre terre, tu vois lequel c'est ? Alors, moi, évidemment, le coup de Neruda, ça me fait mal, je me dis que je suis en train de passer à côté de la femme de ma vie. Mais je tiens bon. Pendant deux jours. Pendant deux jours, je rentre à midi et le soir à la maison en essayant de ne plus penser à Alice, j'essaye comme un forcené de me persuader que j'ai fait le bon choix et que je n'ai désormais plus à m'en faire parce que je suis libéré de mes gros soucis et que tout reprendra comme avant, ma femme

151

et mes enfants, papa et mari irréprochable, de retour pour de bon au bercail avec ma belle histoire à garder pour moi tout seul et Alexandrine, heureusement, qui ne s'est doutée de rien pendant tout ce temps, Dieu comme le monde est bien fait. Mais, une fois tout seul dans ma voiture ou dans mon bureau, je ne peux pas m'empêcher d'imaginer le dépit d'Alice, là-bas, en Italie, et son sourire et la lumière de Romanze qui ne seront plus dans ma mémoire qu'un souvenir évanescent. Pensant à tort que ça fera un peu moins mal, je décide de garder dans mon portefeuille le bristol du restaurant, et dans mon ordinateur les photos et toutes les lettres. Tant qu'Alexandrine ne sait pas, je ne fais de mal à personne. Et puis, on a bien le droit d'avoir ses secrets, non? J'existe aussi pour moi-même, non?

Je tiens donc comme ça pendant deux jours en essayant d'oublier Romanze, le sourire, les lettres splendides et Neruda. Et puis, un matin, dans un état de manque avancé, les fesses entre deux chaises comme jamais, je craque et je finis par envoyer à Alice un mail qui se veut de rupture mais qui, par son existence même, relance la machine. Un pas en avant, deux en arrière, je te dis. Dans cette lettre, je lui explique les raisons de mon choix : toutes ces années de vie commune contre une seule nuit, tu comprends, deux enfants, tu comprends, ras le bol du mensonge, tu comprends, un certain sens de l'éthique et du raisonnable, tu comprends, ma

volonté de ne pas devenir dingue, tu comprends,
ma volonté de nous redonner encore une nouvelle
chance, avec Alexandrine, l'impasse à laquelle on
est promis, toi et moi, tu comprends. Mais sache
qu'à aucun moment je ne t'ai menti ou ne me suis
servi de toi, tu restes pour toujours mon ange blond
italien tombé du ciel, tu comprends. Seulement, si
tu l'acceptes, j'aimerais que l'on continue à s'écrire,
c'est un tel soutien pour moi, cette correspondance, tu comprends. Continuons à nous écrire
comme deux adultes qui se font du bien sans faire
de mal à personne, tu veux bien ? Voilà ce que je lui
dis. Tu vois un peu le mec ? Pas très clair, hein ? Pas
très mature, hein ? Alice, elle, toujours pas folle, elle
me voit revenir, me remercie de ma délicatesse et
de ma franchise, me dit qu'elle a bien compris la
situation, qu'elle m'a compris, qu'elle sait très bien
qu'elle ne peut pas me demander plus. Au sujet
d'une reprise éventuelle de notre correspondance,
elle me met en garde : tu ne peux pas commencer
ta nouvelle vie avec ta femme sur un mensonge.
Mais, pas plus convaincue que moi, elle ajoute aussitôt : j'en ai tout autant besoin que toi, de ces
lettres, O.K., reprenons. Et là, forcément, ça repart
de plus belle, on recommence à compenser la distance, l'absence, la virtualité de nos sentiments par
les mots les plus purs. Et vas-y les mails de cinq
pages, les poèmes, les SMS et les coups de fil que
je passe en douce planqué dans ma bagnole. Les

souvenirs recommencent à avoir de l'avenir et le mensonge ne me fait à nouveau plus peur. Il est carrément question cette fois que l'on se voie, il faut que l'on se voie, il faut que l'un et l'autre on se remémore nos visages respectifs en direct, il faut que l'on refasse l'amour, que l'on vérifie si tout ça a bien existé, si ce n'était pas un rêve. Juste une fois, histoire de voir, sans arrière-pensées, sans promesses, bien sûr, juste une petite semaine qui n'engage à rien, et puis on décidera. Il faudrait un terrain neutre, au soleil, loin de l'Italie et pas trop proche non plus de Tanambo. Ce sera les Seychelles, au mois de février de l'année suivante. Comme à plusieurs reprises Alexandrine m'a, soit dit à sa décharge, assez sportivement suggéré d'aller faire mes expériences de mon côté si ça pouvait me consoler de Kodong – encore que je me sois demandé sur le moment si ce n'était pas une façon de se ménager pour elle-même à nouveau du champ pour l'avenir, et, de fait, j'ai découvert plus tard en fouillant dans ses carnets qu'elle avait suggéré au Mobalien, sitôt qu'elle parviendrait à prendre le large pour quelques jours, un prochain rendez-vous galant, pourquoi pas au Kenya. Comme elle me l'a proposé très clairement, donc, je n'aurai à produire qu'un demi-mensonge.

Voilà donc comment passent le mois de septembre et le mois d'octobre : d'un côté, moi qui me planque comme un petit mari pour correspondre et parler avec Alice, la perspective des Seychelles comme un phare mais restant quand même à négocier serré auprès d'Alexandrine, le bristol du resto plié en deux dans mon portefeuille comme une bouée de sauvetage mentale toujours disponible, les photos d'Alice dans mon ordi, et, de l'autre, Alexandrine dont je ne sais à peu près plus rien, si ce n'est qu'elle pense à son Mobalien quand on baise, qu'elle passe des heures devant *Brozasound TV*, au téléphone et à griffonner dans ses carnets, et que mon indifférence forcée à son égard en dehors du lit n'arrange pas les choses entre nous. Au cours de ces deux mois, il y a eu une ou deux scènes effroyables qui, comme toute chose dans cette histoire, ont un peu perdu de leur intensité et de leur dimension dramatique avec le recul. Mais je te les raconte quand même, parce que, sur le moment, je te jure, je ne pensais pas que je m'en tirerais un jour. Un soir, j'envoie depuis mon boulot un SMS destiné à Alice mais qui atterrit par erreur sur le portable d'Alexandrine. Si, si, je te jure! L'horreur. Oui, bien sûr, tu as raison, bien sûr que ça sent l'acte manqué à des kilomètres, je suis bien d'accord. J'envoie donc un SMS à Alice sur lequel j'ai écrit, je m'en souviens très bien : « Did you receive my SMS? Why are you afraid to lose me, my love? » Je lui ai envoyé comme à chaque fois que je lui envoie un SMS, avec, dans un coin de mon cerveau, ce frisson d'horreur à l'idée qu'un jour je pourrais me tromper et l'envoyer par inadvertance à Alexandrine. Et, cette fois, de fait, c'est ce qu'il se passe. Je venais d'avoir Alexandrine au téléphone, je venais sans transition d'enfiler mon masque de Mr. Hyde, je venais tout juste de raccrocher lorsque j'ai commencé à composer le SMS et, la voix et le nom d'Alexandrine traînant encore dans mon esprit au moment de l'envoyer, moins d'une minute après, j'ai sélectionné machinalement *Alexandrine* au lieu d'*Alice* dans la rubrique « destinataire » de mon téléphone et j'ai appuyé sur *Envoi*. C'est parce que je craignais par-dessus tout une connerie pareille, c'est parce que faire une connerie pareille me paraissait tellement inconcevable au point que j'en ai perdu mon instinct de prudence, qu'au moment où, deux minutes après, mon téléphone a sonné et j'ai entendu au bout de l'antenne la voix sans souffle d'Alexandrine me demandant si c'était moi qui avais envoyé le message, au moment où, à mon tour, tout mon corps était parcouru d'un électrochoc comparable à la découverte de l'existence du Mobalien dans son journal intime, j'ai eu le sentiment d'une scène déjà vécue. Je n'avais jamais pensé que je pourrais mentir un jour comme j'ai menti ce soir-là. Du tac au tac, j'ai répondu avec l'innocence du diable : « Mais quel message ? De quel message tu parles ? Je ne t'ai rien envoyé, moi. Tu viens de recevoir un message de moi ? » J'ai répondu ça parce que j'ai eu la présence d'esprit de juger, en un quart de seconde, qu'il serait encore plus absurde de lui répondre : « Oui, ma chérie, c'est moi qui t'ai envoyé ce message en anglais, je t'avais envoyé un SMS, tu ne l'as pas reçu ? Et puis je voulais te dire que tu n'as pas à craindre de me perdre, je t'aime, tu sais bien que je t'aime, je voulais t'envoyer ce SMS pour te dire combien je tenais à ce que tout reprenne entre nous comme avant. » Un cauchemar. Elle n'en croit pas un mot, me raccroche aussitôt au nez. Le cœur en apnée, je vérifie dans mon téléphone : le texto a été effectivement envoyé à Alexandrine. Je pense que le monde s'acharne, que l'ordre des choses veut définitivement ma perte. Je reprends mon souffle, j'appelle en coup de vent Alice en Italie, je lui raconte le plus calmement possible ce qu'il vient de se passer, je lui dis que je suis un con, elle est dans tous ses états, j'ajoute que cela ne change rien entre nous, que je tiens à elle, je l'embrasse, je lui promets des nouvelles bientôt et je raccroche. J'ai l'impression que le monde vient à nouveau de s'écrouler dans ma poitrine, j'ai l'impression que ma vie, ces derniers mois, est une série d'angoisses démesurées et d'apocalypses, je voudrais que mon cœur lâche, là, tout de suite, et goûter enfin à un repos durable. Tout en me maudissant, j'efface toute trace d'Alice dans mon portable, je laisse tous mes dossiers en cours, l'ordinateur allumé dans mon bureau, je claque la porte sans fermer à clé, je saute dans ma bagnole et je parcours à tombeau ouvert les deux kilomètres qui me séparent de la maison en me mordant la lèvre jusqu'au sang. Une minute plus tard, je suis devant le portail de la maison, je ne prends même pas la peine de rentrer la voiture dans le garage ni d'éteindre les phares, je traverse la cour au pas de charge, j'ouvre la porte de la salle à manger, je trouve Alex hébétée dans le sofa et je lui dis, avec l'air du mec complètement dépassé, limite agacé mais compréhensif quand même : « Mais qu'est-ce qui se passe? Qu'est-ce qui s'est passé? Qu'est-ce que c'est que cette histoire de SMS? » Pendant une demi-heure, je lui démontre froidement qu'il n'y a aucune raison pour que j'envoie un SMS en anglais à quiconque, où et quand, je te le demande, j'aurais eu le temps de rencontrer une amante avec laquelle je parlerais anglais? Où et quand? Pour une crédibilité maximum, j'ose même la carte de l'attaque : « Attends, je comprends que tu sois paniquée, mais, je suis désolé, ce n'est pas une raison pour me parler sur ce ton, je n'y suis pour rien, moi. Tu m'annonces un truc complètement dingue, j'entends bien à ta voix que tu es bouleversée, je te comprends très bien, à ta place ça m'aurait tout autant démoli – j'en sais quelque chose – et je n'aurais pas pu te croire non plus. C'est pour ça que je suis venu immédiatement, pour te dire que, même si ça paraît complètement dingue, JE TE JURE, ALEX, QUE CE N'EST PAS

MOI QUI AI ENVOYÉ CE SMS. » Et je passe encore dix bonnes minutes à lui parler des ratés réguliers du réseau de téléphonie mobile à Tanambo : « J'ai même reçu une fois un message d'Australie d'un inconnu total, ça peut arriver, ce genre de trucs, tu sais. » Elle me dit, vaguement crédule, que recevoir un texto d'Australie n'a rien à voir avec un texto précédé de mon nom en tant qu'expéditeur. J'en conviens, je lui dis : « Je ne comprends pas ce qui s'est passé, je te jure que je comprends pas, c'est une histoire de fous, il a fallu que ce soit un texto d'amour, il a fallu que ça tombe sur nous, avec tous nos problèmes en ce moment, on croirait un fait exprès. Tout ce que je sais, c'est que ce n'est pas moi, tu peux me croire, je te demande de me croire, c'est trop important. » Et là, Alex me sort un truc qui, sur le moment, me bouleverse, et dont je ne saurais te dire aujourd'hui si elle était sincère ou non en le disant. Elle me sort : « Tu sais ce qui me fait le plus de peine dans cette histoire ? Ce n'est pas d'envisager la possibilité que tu aies ou non envoyé un SMS à quelqu'un d'autre que moi. C'est qu'en raisonnant par l'absurde, il est impossible que ces mots d'amour me soient destinés. » Elle me tuait aussi par sa vulnérabilité, Alex. Sa vulnérabilité, c'était toute la clé de ma culpabilité. Mais est-ce qu'au nom de la fragilité de la personne que tu aimes, tu dois accepter de souffrir si cette fragilité se retourne contre toi ?

159

Bref, elle ne me croira jamais tout à fait à propos du texto, mais comme elle sait bien, depuis toutes ces années, que je n'ai pas pour habitude de mentir malgré le coup de la chanteuse en mai, elle m'accorde le bénéfice du doute et ça finit cahin-caha par passer. J'ai honte, la naïveté d'Alex me fait mal, mais c'est comme ça, trop tard pour faire marche arrière, je suis un monstre potentiel et je l'assume, ou bien, plutôt, je n'ai aucun mal à me trouver plein de bonnes raisons pour justifier mon comportement monstrueux. La semaine suivante, rebelote : Alex m'appelle cette fois au bureau avec un ton de panique lassée dans la voix qui me blesse pour elle : elle vient de trouver parmi des papiers, au dos d'un avis d'échéance du paiement de la scolarité des enfants, quelques phrases illisibles et douteuses qu'elle me soupçonne d'avoir écrites. Elle m'ordonne d'interrompre sur-le-champ mon travail et de venir m'expliquer à la maison. Je m'exécute sans broncher : re-bagnole, re-portail, re-cour, re-salon, re-sofa. Visage de haine, une loupe dans une main, elle me tend de l'autre le papier sur lequel, évidemment, je reconnais mon écriture. Je l'identifie immédiatement, c'est le brouillon d'une lettre à Alice dans lequel j'ai écrit des choses comme : « Je suis un mec qui n'accepte d'aimer que parce qu'il n'a pas le courage de dire non », et « Je voudrais qu'elle me quitte pour ne pas avoir à le faire », tu vois le genre. Je me souviens aussi que le mot « divorce » apparaît quelque part. Je suis d'accord aussi, bonjour l'acte manqué de l'avoir laissé traîner dans la maison. « Lis ! » m'ordonne Alex sans appel. Et là, je décide de ne pas me laisser faire, de rouspéter un peu. Je lui réponds, je fais le brave : « J'ai le droit d'avoir mes secrets, moi aussi, et de ne pas me justifier à chaque fois que tu me le demandes. Tu n'étais pas censée lire et me demander des explications sur quelque chose qui ne regarde que moi. » Elle se redresse d'un coup sec, me foudroie du regard, je ne perds pas de vue ses mains pour parer à un coup éventuel, elle s'offusque, se scandalise : « Non, mais tu oses me dire non ! Lis, je te dis ! Lis ! Tout de suite ! » À ce jeu-là, c'est elle qui gagne à tous les coups, je ne suis pas de taille, je lis.

Ça pourrit sérieusement, je te dis. De mon côté, je profite de la moindre de ses absences ou de ses négligences pour aller farfouiller avec une fébrilité maladive dans ses journaux intimes et dans son téléphone portable à la recherche du Mobalien, et je l'y trouve toujours, toujours en tremblant comme un cocu, toujours en me disant que je n'aurais jamais dû fouiller, et je recommence de plus belle le lendemain, c'en devient une addiction malsaine, cent pour cent masochiste. Je trouve au fil des pages des descriptions de fantasmes d'une crudité qui me tue, j'y lis en anglais la phrase *Back to Blacks*, je retrouve dans la rubrique « derniers appels » de son répertoire un numéro de téléphone à Kodong, parmi ses classeurs des brouillons de chansons qui lui sont destinées à lui, j'essaye comme un forcené toutes les combinaisons possibles sur le portail de Hotmail pour trouver son mot de passe, pour avoir la confirmation cruelle de ce que je devine déjà. Difficile, d'ailleurs, de dire si je voudrais que toutes ces preuves n'aient jamais existé parce que j'aime toujours Alex en dépit de ce climat de mort, ou bien si je les recherche pour mieux accumuler de bonnes raisons de la quitter. Difficile aussi, en ce qui la concerne, de dire si c'est la souffrance que je lui inflige qui la fait systématiquement rechercher un sursaut de vie du côté du Mobalien, ou bien si mon petit jeu lui donne enfin de bonnes raisons de ne plus m'aimer. Bref, un soir de début novembre, on est au resto avec une bonne demi-douzaine d'autres personnes, dont nos propres enfants. Il y a Luke, Zaïna, Gwénola, Rado, Laurence et je ne sais plus qui encore, quelqu'un est assis entre Alex et moi, je ne me rappelle plus qui, entre nous deux l'ambiance est exécrable, j'essaye de maintenir un semblant de sourire pour la galerie mais je ne cesse de scruter en coin Alex qui va manifestement mal, elle n'a rien dit de tout l'apéritif, elle est tendue et ses yeux sont restés concentrés dans le vague. Tout le monde passe commande auprès de la serveuse, Alex se lève, va au toilettes, revient deux ou trois minutes plus tard en me fixant avec un rictus terrible. Elle s'assoit, se penche en arrière sur sa chaise, me fait signe, je me penche aussi, on rapproche nos têtes : « Je sais », elle me chuchote par-dessus l'épaule de la personne qui se trouve entre nous avec un sourire nerveux. « Tu sais quoi ? », je rétorque. « Je sais que tu as quelqu'un, j'ai des preuves. » Re-cœur qui bat, re-accès de sueur froide, re-angoisse qui remonte, re-calme forcé, mais en moins intense tout de même : les émotions fortes, on finit par s'y habituer. Les autres à table continuent à parler mais ils sont fondus dans le décor, il n'y a plus qu'Alex et moi dans ce restaurant : « Qu'est-ce que tu racontes ? Quelles preuves ? Des preuves de quoi ? » « Tu vois très bien ce que je veux dire. » Pendant trois, quatre minutes, je joue la montre, je tente toutes les recettes, tous les contre-pieds, toutes les ruses, tous les mots, mais je sens que, ce coup-ci, je ne vais pas y échapper. Et, de fait, au bout d'un moment, elle me demande ce que depuis longtemps je redoutais pardessus tout qu'elle me demande et que je remerciais chaque soir le ciel qu'elle n'ait toujours pas pensé à me demander : « Vas-y, jure-le sur la tête des enfants, qu'il n'y a personne. » Mon cœur s'arrête, je la regarde une seconde en silence avec ce respect profond que l'on peut avoir pour son pire ennemi juste avant la bataille décisive. Je joue franc jeu à mon tour, j'avoue. Je suis terrorisé mais, au fond de moi, je dois le reconnaître, soulagé. Je crois même

163

que je ne peux m'empêcher de sourire à l'évocation d'Alice, comme Alex n'avait pu s'empêcher de sourire dans les mêmes circonstances à l'évocation du Mobalien. J'avoue et son visage accuse le même choc que six mois auparavant, le soir où je la quittais pour la chanteuse, mais en un poil moins violent quand même : elle aussi a fini par prendre le pli de l'insoutenable. J'ai le sentiment que nous sommes maudits, que la vie est un cycle sans fin, un cercle vicieux.

Bien sûr, ça ne s'arrête pas là, ce n'est que le début. Comme si elle mûrissait une contre-attaque, elle me pose vite fait deux ou trois questions précises, sans me demander plus de détails : « Elle s'appelle comment ? » « Quel âge elle a ? » « Elle a de gros seins ? » « Elle est mince ? » « Vous avez fait l'amour combien de fois ? » « Elle t'a sucé ? » « Tu lui as dit *Je t'aime* ? » Entre-temps, la serveuse a déposé les plats sur la table. Je réponds à chacune des questions qu'Alex me pose, puis à un moment donné elle se lève brusquement de table sans avoir touché à son filet de poisson encore fumant, dit poliment bonsoir à tout le monde, on n'ose pas s'étonner trop ouvertement de ce départ précipité, elle sort, tous les yeux se tournent vers moi puis se baissent aussitôt, tout le monde est un peu sous le choc mais on fait l'effort de ne pas se mêler de ce qui ne regarde personne d'autre que nous. C'est fou ce que les gens peuvent avoir de tact, finalement. Je suis en train de me lézarder de partout mais je fais quand même l'effort de faire un grand sourire à mes enfants en les appelant « Mes chéris adorés », j'essaye de reprendre mon souffle et mes esprits mais je ne cherche plus à faire bonne figure devant les adultes tant la gravité de la situation est objective et me happe, tant la catastrophe à venir est inévitable. Je décide donc de rester à ma place, de ne pas courir derrière Alex, de ne pas trop trembler qu'elle fasse une connerie dans la nuit. Après tout, il fallait bien qu'on en arrive là, c'est l'occasion ou jamais d'en finir avec le cauchemar. J'entame mon plat sans faim, je souris régulièrement et un peu outrageusement à mes enfants, leur innocence me paraît irréelle au milieu d'un tel tremblement de terre, je leur commande un dessert, j'assure un service très retreint de conversation avec les autres et puis, le dessert des petits fini, je prends poliment congé en m'excusant et sans avoir besoin de préciser qu'il s'agit d'un cas de force majeure, je lis dans les yeux de tout le monde un cocktail insoluble d'interrogation, d'impuissance, de compassion et de respect, je prends les enfants par la main, un dernier regard angoissé sur le filet de poisson d'Alex intact et hostile dans l'assiette, au revoir, au revoir, parking, voiture, maison. Dieu merci, Alexandrine s'y trouve, toujours dans le sofa. Elle a l'air grave et préoccupée, mais elle est calme. L'un et l'autre, on se prépare à la scène finale. « Le temps de brosser les dents des enfants et de les coucher, et je suis à toi », je lui fais, non moins calmement, sachant déjà que je vais lui annoncer, pour la deuxième fois cette année, pour la deuxième fois tout court dans toutes ces années de notre vie de couple, que je la quitte. Les enfants couchés, je reviens et je me rassois dans le même fauteuil que six mois auparavant, dans la même position, face à Alexandrine sur le sofa. Il doit être à peu près la même heure et notre conversation commence aussi sur le même ton. J'apprends assez rapidement, notamment, que les « preuves » qu'elle évoquait au restaurant sont le fait d'indiscrétions de Christian, à qui je m'étais confié, et qui m'a trahi. C'est dingue, les gens, non? Bref. Six mois auparavant, j'avais craqué au bout de vingt minutes. Cette fois, je tiens jusqu'au petit matin sur le mode : « C'est vrai que tu me quittes? » « Oui, je te quitte. » « Tu ne m'aimes plus? » « C'est pas ça, mais c'est devenu invivable. Il le faut. » « Tu l'aimes? » « Je ne sais pas. » « Tu veux la revoir? » « Oui. » « Tu veux refaire l'amour avec elle? » « Oui. » « Qu'est-ce qu'elle a de plus que moi? » « Écoute, c'est pas le problème. » « Réponds-moi : qu'est-ce qu'elle a que je n'ai pas, moi? » « Elle est douce, elle ne m'agresse pas et elle ne m'humilie pas. Elle me fait du bien. » « Tu es doux, tu ne m'agresses pas, tu ne m'humilies pas et tu me fais du bien, toi? » « Tu vois, qu'on n'arrive pas à se comprendre. On ne se comprendra jamais. » « Donc, cette fois, tu me quittes vraiment, c'est ça ? », etc. Je dis *jusqu'au petit matin* parce que, sur le coup de sept heures et demie du matin, ce dimanche pluvieux, au terme d'une énième nuit blanche éprouvante de rhétoriques diverses, d'argumentations, de descriptions exhaustives, de justifications, d'explications et de conversations à peu près calmes mais interminables et sans issue, Alex, qui me demandait pour la cinquantième fois : « Tu es sûr que tu veux me quitter ? C'est vraiment ce que tu veux ? C'est Alice que tu veux ? », Alex s'est brusquement effondrée le long du mur, sur le sol de la cuisine, et s'est mise à pleurer dans ses genoux comme une petite fille de quatre ans et en m'implorant, ses yeux, ses joues, son nez et sa bouche pleins de larmes : « Mais pourquoi tu ne m'aimes pas ? Pourquoi ? Qu'est-ce que j'ai fait pour que tu ne m'aimes pas, comme ça ? » Et moi, en la voyant si vulnérable et si seule, en comprenant très bien que ce désespoir venait de très loin, de bien avant moi, de bien avant toutes ces années ensemble, en comprenant que ce n'est pas à moi qu'elle s'adressait en priorité comme j'avais parfaitement compris que ce n'est pas ma gueule à moi qu'elle avait en priorité lacérée au fil électrique dans la salle de bains six mois auparavant, je me suis dit que je n'avais pas le droit de l'abandonner, que c'était inhumain de quitter quelqu'un de désemparé comme ça, qu'une solitude et une fragi-

167

lité pareilles, ça n'avait pas de prix, pas même celui de ma propre recherche du bonheur, recherche du bonheur dont je finissais même, devant tant de souffrance, à douter de la légitimité. C'est un vrai débat, ça, d'ailleurs : *A-t-on le droit, pour sauver égoïstement sa peau, de quitter celui ou celle que l'on a aimé à la vie à la mort ? As-tu le droit de laisser tomber l'autre, lorsqu'il va moins bien que toi, qu'il est plus vulnérable que toi et qu'il est tacitement établi entre vous que son si fragile équilibre dépend de ta décision ou non de rester ?* Non ? Tu crois que je suis trop présomptueux, c'est ça ? J'ai donc pris ses mains dans les miennes en lui expliquant avec douceur, également pour la cinquantième fois : « Écoute, si je veux te quitter, ce n'est pas tant parce que je ne t'aime plus ou parce que je veux te remplacer par Alice que parce que, après le cauchemar qu'on vient de vivre toi et moi, nous remettre ensemble me paraît de la folie, on est allés beaucoup trop loin. Et, en admettant que je sois prêt, moi, à repartir maintenant sur des bases saines – je me connais, je peux tout à fait le faire, je peux faire cet effort-là –, je suis persuadé que tu passerais ton temps, toi, à me faire payer Alice *et* la chanteuse. Et là, franchement, je n'ai plus le courage, je ne veux plus, stop l'enfer. » Alex me regarde à travers ses larmes et me dit : « Si je te garantis que ça sera ne pas le cas, tu me jures de ne plus jamais avoir le moindre contact avec Alice ? » Je marque un temps d'arrêt. Cette solution me désespère mais, au fond, ce doit certainement être la meilleure et celle qui me correspond le mieux. Soyons raisonnable : tout ce que je désire dans la vie, moi, c'est sortir enfin du cauchemar, ne surtout pas compliquer la vie de mes enfants, les élever avec leur maman, partir en vacances avec mes enfants et leur maman, vieillir avec leur maman et, en attendant l'âge, beaucoup rire avec elle pour, le soir venu, la baiser sans angoisse dans le bas du ventre. Je lui souris : « Oui, je te le jure. Mais tu es sûre de toi? Tu es sûre que tu peux me garantir une chose pareille? Tu t'en sens capable? » Elle me répond que oui. Alors moi, je lui souris, je vais dans ma chambre chercher mon téléphone portable et, la mort dans l'âme mais affichant toute la conviction du monde pour Alex, pour lui prouver à nouveau que je ferais n'importe quoi pour avoir sa confiance, je tape le message suivant pour Alice : « Please never write or telephone me again. Never. It's been a beautiful story between you and me but I love my wife. I'm sorry. » Je montre le texte à Alex, je lui dis : « Regarde bien ce que je vais faire. Je vais envoyer ce message à Alice parce que je veux revivre avec toi, parce que tu es la femme de ma vie, parce que je ne peux concevoir de vie qu'avec toi, parce que je t'aime et parce que je voudrais profondément que l'on reprenne tout comme avant. O.K.? » Elle me dit O.K. tout en ajoutant, réprobatrice : « Mais pourquoi tu as écrit *I'm sorry?* Tu n'avais pas besoin de t'excuser. » J'ose lui répondre que c'est une question de correction, que le SMS me paraît suffisamment violent comme ça, que ce n'est pas la peine d'en rajouter, et je presse le bouton *Envoi* en essayant de ne surtout pas penser au mal que je vais faire à Alice, ni à mon propre mal, ni à mon renoncement à la lumière évidente et à la légèreté. Une fois le message envoyé, je rassemble toutes mes forces pour tout oublier d'un seul coup, je présente mon plus large sourire, mon plus bel enthousiasme à Alex et je la soulève dans mes bras en lui disant que je l'aime, que je n'ai jamais aimé qu'elle et personne d'autre. Complètement sonnée et complètement paumée, Alex tente de sourire aussi. Quelques minutes plus tard, je reçois un texto. Je serre les dents, paré au coup le plus pénible. C'est un message de colère et d'insultes d'Alice. J'y ai à peine le temps de lire les mots « Fuck you », « Bastardo » et « Sei una merda », je ne veux pas voir ça, je ne veux pas lire le reste, c'est trop dur, j'efface tout, je voudrais mourir, Romanze et Neruda n'ont plus de sens, fini les sourires, fini la lumière, fini l'Italie, fini les Seychelles, fini février, j'ai gâché mon seul havre de paix, je me suis suicidé tout seul. Je transmets l'info à Alex qui savoure froidement sa victoire. Pour fêter la fin du cauchemar, je l'emmène dans sa chambre, nous nous étreignons sur son lit dans une totale confusion émotionnelle, nous n'y trouvons aucun plaisir mais nous ne nous le disons pas, c'était trop tôt, trop précipité, ce n'était pas le moment. « Tu es triste, hein ? », elle me lance, ironique. « Dis-le, que tu es triste, avoue-le. » Nous ne nous doutons ni l'un ni l'autre que c'est la dernière fois que nous venons de faire l'amour.

Le dimanche s'achève péniblement sous la pluie, on s'endort Alex et moi dans le même lit, je voudrais refaire l'amour pour évacuer cette tension qui m'étouffe mais, à regarder Alex inerte et les yeux égarés vers le mur, je sens que ce n'est pas la peine ni le moment de seulement l'envisager. Le lendemain matin, alors qu'on est tous les deux en train de se brosser les dents au-dessus du lavabo, Alex s'interrompt, crache son dentifrice et me dit d'un air de défi : « Bon, maintenant, c'est quoi la nouvelle donne ? On reste cent pour cent fidèles, ou bien chacun mène discrètement sa vie sexuelle de son côté, avec accord tacite de l'autre et sans que ça change rien à la relation de couple ? » La précision des termes de sa question me glace : il me semble que sa préférence à elle y est clairement exprimée. Quant à moi, ma souffrance de cocufié, plus jamais ça. Pour lui faire dire que non, bien sûr, qu'il n'est pas question qu'elle me trompe à nouveau, que sa question n'était que de pure rhétorique, je botte en touche : « En me posant la question, tu veux quoi, toi ? » Elle me répond, cassante : « C'est moi qui ai posé la question, non ? Alors ? » Sans hésitation, je lui dis que je veux une fidélité sans faille et la confiance à nouveau. Elle me dit O.K, tourne la tête et reprend sa brosse à dents : elle est déçue par ma réponse, elle espérait mon assentiment pour une vie de libertinage, mais elle n'ose pas me le dire. Ce matin-là, je retourne au boulot en essayant de considérer le plus positivement possible ce désastreux début de semaine. Sur le trajet, mon portable n'arrête pas de sonner : c'est Alice qui essaye de me joindre comme une forcenée. Elle rappelle cinq fois, dix fois, quinze fois, j'interromps systématiquement l'appel. Mais je voudrais tant répondre, lui expliquer, m'excuser, lui faire comprendre que je n'avais pas le choix. Je voudrais rattraper la violence de mon texto, terminer les choses un peu proprement pour une fois, à la mesure du bonheur qu'Alice m'a procuré, mais Alex m'a fait jurer encore une fois, juste avant de dormir, la veille, de ne lui donner aucun signe de vie, aucun contact, pas un mot, rien, et je ne voudrais pas entamer, selon les mots d'Alice elle-même, cette énième nouvelle donne par un énième mensonge. Et pourtant, je n'ai pas tellement apprécié le ton d'Alex, où pointait insidieusement la menace. Je ne le lui ai pas fait remarquer pour ne pas faire d'histoires, elle a objectivement repris la main en matière de souffrance et d'intimidation, je me demande si sa bonne volonté ne commencerait pas déjà à tourner au vinaigre. Je me sens lâche et minable, sans issue de secours, je pense que je ne suis pas un homme, je pense que je ne mérite aucune femme et qu'Alice et Alex ont raison : je suis une merde. À la vingtième tentative d'Alice, je gare la bagnole le long d'un trottoir, je prends l'appel. Elle est en larmes, moi aussi, elle me hurle de l'écouter, je lui hurle de me laisser parler, je lui hurle que je n'ai pas le droit de lui parler, que je ne pouvais pas faire autrement, que je ne voudrais pas voir ma femme crever de chagrin sous mes yeux, que je ne vis plus, qu'il faut que je raccroche, alors je raccroche, puis, comme un petit mari et un petit amant de merde, je reprends mon volant et je redémarre, le cœur comme un petit pois.

Deux, trois jours plus tard, alors que je m'apprête à partir bosser après ma sieste, Alex m'ordonne de l'emmener avec moi : elle veut voir les photos d'Alice et les lettres que nous nous sommes échangées par e-mail. Je ressens cette exigence comme une dépossession violente de mes dernier lambeaux de rêve, je me dis qu'elle n'en finira jamais de vouloir m'anéantir mais, comme d'hab', je dis oui. Je pense : « Mais elle ne se demande même pas une seconde, cette conne, si j'ai du boulot. » Je pense : « Salope, pute », mais je dis : « O.K., on y va. » J'ajoute simplement : « Mais, tu sais, tu ne verras pas grand-chose, il ne reste pratiquement rien dans mon ordinateur. Je détruisais toutes ses lettres et toutes les miennes au fur et à mesure parce que je savais qu'un jour tu pourrais venir par surprise. » Parce que je ne suis pas complètement con non plus, j'avais prévu le coup depuis un moment, je connais Alex. Sauf que je n'ai rien jeté du tout. Toute ma correspondance avec Alice, je l'ai soigneusement archivée et planquée dans un fichier banalisé. Quant aux photos, si je n'aime effectivement pas du tout la façon qu'Alex a de me les demander, au fond de moi je ressens comme une petite vengeance compensatoire à l'idée qu'elle découvrira qu'Alice est très belle et qu'elle en souffrira. On arrive donc à mon bureau, elle prend d'autorité une chaise qu'elle colle à la mienne, elle m'ordonne d'allumer mon écran. Heureusement, Alex n'est pas habituée au maniement d'un ordinateur. Elle me dit, presque touchante de naïveté : « Montre-moi tout, je veux vérifier tous les dossiers. » J'évite soigneusement de lui dire que j'ai du travail, je lui dis que ça va prendre quatre heures mais que O.K., si c'est qu'elle veut, on y va. Le fichier de ma correspondance avec Alice fait près de soixante-dix pages et il est caché sous un nom bidon dans un dossier, du style *Archives bilans assemblées générales*. J'y vais méthodiquement, j'en fais des tonnes, je perds un temps fou, elle s'impatiente, finit par me dire de laisser tomber, elle n'y a vu que du feu. Complètement dépassée, elle me demande cette fois, toujours sur le même ton sans réplique, de lui montrer les photos. Je vais droit au bon fichier, elle découvre Alice en maillot au Mexique, Alice en Grèce, Alice sous les toits de tuiles rouges de Romanze, Alice à vélo, Alice en Vespa, Alice qui fait des essais de mannequinat. Je cache ma fierté, je savoure ma revanche. Mais, dans le même temps, je suis effondré, j'ai perdu un ange. « Elle est très jolie », admet Alex sur un mode très bizarre, entre haine et fascination. Un quart de seconde, l'image tout à fait saugrenue d'Alex bouffant la chatte d'Alice me traverse l'esprit. Ce doit être nerveux. Elle rajoute aussitôt, presque avec naturel : « Vous vous ressemblez beaucoup. On dirait un frère et une sœur. » Puis, après avoir longuement observé les photos en silence, elle me dit : « Bon, maintenant tu les mets toutes à la poubelle. Toutes. Et tu détruis aussi le contenu de la poubelle. » Je m'exécute d'autant plus facilement que je suis parfaitement rodé au procédé de récupération des fichiers supprimés. Je tente de dissimuler le plus efficacement possible mon impuissance et ma nervosité, je fais les choses calmement, du genre : « Tu vois, je n'ai rien à cacher, je suis réglo. Si t'as autre chose à me demander, surtout n'hésite pas. » Intérieurement, je ne désire qu'une chose : qu'Alex se casse enfin et me laisse tranquille avec ma tristesse, mon désespoir et ma honte, qu'elle me laisse l'espace et le temps de me remettre les idées en place pour commencer enfin à bosser, au moins ça. Mais, au moment où je pense que c'est fini, elle enchaîne froidement, parfaitement consciente et satisfaite de la torture qu'elle me fait subir : « Maintenant, ta boîte mail. » J'ouvre ma boîte, également vidée quelques jours auparavant. Il reste une seule lettre d'Alice, la dernière qu'elle m'ait écrite, lorsque je n'étais pas encore une merde, lorsque j'étais roi d'Italie et du soleil. Alex se penche attentivement vers l'écran. C'est écrit en italien. « Maintenant, tu traduis », elle ordonne. « Et t'as pas intérêt à sauter une ligne, je vérifie. » Dans ce mail, heureusement, aucune allusion à Alex ni à quoi que ce soit de susceptible de la faire redoubler de haine à mon égard. Alice me parle essentiellement d'elle. Mais, dans le dernier paragraphe, elle me dit qu'elle voudrait que je sois allongé nu à ses côtés dans un lit, qu'on prenne le temps l'un et l'autre de faire monter en nous le désir au maximum juste par des mots et des regards, qu'on s'interdise toute tentative explicite jusqu'à ce que l'on ne puisse vraiment plus se retenir. Elle ajoute qu'elle voudrait plus que toute autre chose me voir craquer de désir, la prendre passionnément et faire d'elle ce que je voudrais. « Pan ! Dans les dents ! », je ne peux m'empêcher de penser à propos d'Alex qui a bien failli m'émasculer, au sens psychologique et propre du terme. Ce passage, je le lui traduis avec un faux air embarrassé, du genre : « Désolé, j'aurais préféré que tu ne tombes pas là-dessus. Mais c'est toute seule que tu t'es jetée dans la gueule du loup. » À la fin de la lettre, je me dis : « Bon, là, ça y est, c'est fini, je vais enfin pourvoir respirer, elle va se casser, la garce. » Tu parles ! Elle me dit, sadiquissime, la chienne, elle me dit : « Maintenant, tu vas me recopier son adresse e-mail sur un bout de papier et me le donner. » Là, c'en est trop, je me permets quand même de répondre avec ma petite voix de merde, de tenter une opposition : « Ah non, là non, je refuse, il faut qu'on arrête sinon on ne s'en sortira jamais ! Il faut décider d'arrêter la casse, il faut qu'on reparte sur de bonnes bases, comme on a dit dimanche, il faut qu'on passe à autre chose, je ne veux pas. » Elle ouvre grands ses yeux avec une mine scandalisée, elle me fait les gros yeux, les plisse de haine, me toise de bas en haut, déforme sa bouche comme si elle voulait me cracher dessus : « Quoi ! Tu *te* permets de *me* dire ce qu'il faut qu'*on* fasse, là ? Tu oses *me* refuser ce que *je* te demande ? Tu te crois en position de me refuser quoi que ce soit ? Mais tu es malade ou quoi ? Donne-moi l'adresse, en vitesse ! » « Non. » Je regarde à nouveau ses mains en me disant qu'un coup va partir, mais elle se contente juste de me maudire du regard, du style : « Attends un peu, toi. » De rage, elle m'arrache fermement la souris des mains, mais c'est avec une application malaisée qu'elle fait défiler l'écran vers le haut de la page. Puis elle lâche la souris, prend un stylo et recopie elle-même le mail d'Alice avec une ostentation vengeresse. Là, je commence ouvertement à paniquer : « Pourquoi tu fais ça ? Qu'est-ce que tu va faire de cette adresse ? Qu'est-ce que tu vas lui dire ? Dis-le-moi, je t'en supplie ! » Pour un peu, je me mettrais presque à chialer. Une vraie lavette, une vraie merde, je te jure, il n'y a pas d'autre mot. « Ne t'inquiète pas, elle me répond avec un sourire carnassier, je ne vais pas lui écrire. Je voulais juste faire un test et voir si tu allais me la donner par toi-même. » Et là, elle prend son sac, se casse, et moi, je me sens mentalement lessivé, soulagé et minable comme jamais.

Pourquoi je me laisse faire ? Pourquoi je me laisse tout le temps faire comme ça ? Bonne question. Je n'en sais rien. J'étais terrorisé et je croyais bien faire, comme toujours. J'ai toujours cru qu'en ne m'opposant pas, en me mettant de côté et en la caressant toujours – si je puis dire ! – dans le sens du poil, j'éviterais les histoires et je pourrais être payé de gentillesse et d'amour en retour, c'est tout ce que je peux te dire consciemment. Mais qu'il y ait une pathologie plus profonde, un sens caché à cette faiblesse chronique, une histoire avec l'enfance et la culpabilité, sûrement, je ne dis pas le contraire. Mais tu n'es pas mon psy et ce n'est pas ce soir qu'on va régler le problème. En tout cas, j'ai peut-être un peu ressenti, toutes proportions gardées, bien sûr, le problème de ces femmes battues qui ne se décident jamais à quitter leur mec. De l'extérieur, on a tendance à dire : « Mais elles sont folles ! Pourquoi elles restent ? » Moi, aujourd'hui, je peux répondre : on peut être malheureux comme les pierres, on peut souffrir comme une bête et ne pas se l'avouer assez fort. On peut rester dans l'éternel espoir qu'on finira par en recevoir, de l'amour. On peut s'aveugler pendant des années comme ça, en refusant de considérer l'évidence. Et se contenter de miettes en disant merci. On peut aimer son bourreau, comme on dit. Même s'il y a aussi eu du bon, bien sûr, beaucoup de très bon aussi, beaucoup de moments forts de complicité tout au long de ces années avec Alex, il ne faut pas non plus être injuste. Parce qu'aujourd'hui, je le reconnais, j'ai trop tendance à ne me souvenir que des mauvais côtés de toute cette histoire, il est encore un peu tôt pour l'objectivité. En tout cas, si je peux me permettre de t'éviter de me le demander : *non* je n'aime pas ça, *non* je n'aime pas souffrir, *non* je n'aime pas me faire lacérer la gueule à coup de fil électrique, *oui* j'aime la douceur et la paix, bref, *non* je ne suis pas maso.

Donc, Alex me dit qu'elle ne se servira pas de l'adresse. Mais je ne suis pas dupe, je me méfie et j'ai raison. Dès le lendemain après-midi, elle redébarque à l'improviste dans mon bureau, m'interrompt dans mon travail et, sans me demander mon avis, m'ordonne de m'écarter de l'ordinateur en me disant qu'elle va écrire devant moi une lettre à Alice pour la remettre à sa place, qu'elle va me la faire lire et qu'on va la lui envoyer ensemble. Et, pendant pas loin d'une heure et demie, avec une concentration extrême, quasi euphorique, avec mon impuissance de petit mari et de petit amant minable pour témoin, elle fignole, retouche ses phrases, déplace des mots, cherche en anglais la tournure la plus efficace. Au final, ça donne une lettre faussement détachée et faussement magnanime, pleine d'une acidité sourde et vénéneuse de femelle. Elle y distribue les rôles : moi, je suis le petit garçon égaré, capricieux et inconséquent qui a besoin d'une bonne grosse fessée mais que sa maman aime quand même. Alice, elle, a voulu à ses risques et périls jouer dans la cour des grands. « Ma mignonne, ne t'attaque pas à des hommes mariés, leur cœur est imprenable. Va plutôt chercher des garçons de ton âge », elle lui écrit carrément. Alex, elle, bien sûr, c'est l'épouse bafouée, mais digne. Elle est tellement contente de sa lettre qu'elle en a oublié de me haïr tout au long de cette heure et demie. Avant de l'envoyer, elle me demande même mon avis. Alors, moi, en bon lâche, en bon gros naïf minable qui pense pour la cent cinquantième fois que, ce coup-ci, il a récupéré sa femme pour de bon, je plonge la tête la première et je lui dis : « Oui, oui, c'est très bien, tu peux l'envoyer comme ça, je crois qu'elle comprendra. » Jamais peut-être je ne me suis senti aussi petit : humilié par ma femme qui me gouverne comme un Playmobil, enjeu dérisoire d'une lutte entre deux femmes qui désormais me méprisent, même pas digne d'être haï avec classe, avec considération, bref, un lâche, une merde, je te dis. Je ne compte même plus, tout simplement. Il s'agit désormais d'une bataille entre femmes, le seul type de confrontation qu'elles craignent et respectent, pardonne-moi ce trait de misogynie primaire, mais c'est vrai, non ? D'ailleurs, la réponse d'Alice ne tarde pas, chiadée elle aussi, blessée, furieuse, violente. Dès le lendemain, après un passage dans un cybercafé, Alex me l'apporte imprimée sur une feuille : « D'abord, je ne suis pas ta mignonne. Et puis, un mec complètement fou comme le tien, moi, non merci, j'en veux pas, garde-le, ses problèmes, je te les laisse. » Alex a parfaitement réussi son coup : elle m'a humilié tout en écœurant définitivement Alice de moi. J'ai envie de crever. Je pense que je viens de prendre dix ans d'un coup et qu'il n'y a rien à faire, que la vie m'en veut, que je ne dois pas être fait pour le bonheur et que, si je ne meurs pas de chagrin ou de folie d'ici la fin de l'année, je finirai amer, frustré, méchant, sec et laid. Dans la lettre d'Alice, j'ai noté une petite phrase sibylline et vicieuse qui m'a littéralement glacé et dont j'ai l'impression qu'Alexandrine, pourtant tout aussi attentive à chacun des mots d'Alice qu'aux siens, n'a pas mesuré la portée : « Tu sembles bien sûre de toi. Un jour, peut-être, je t'enverrai les lettres qu'il m'a écrites. » Lorsque, sur son insistance, le samedi soir de notre explication, j'ai évoqué à Alex mes lettres à Alice, j'en ai considérablement minimisé le contenu. Je vois très bien ce à quoi Alice fait allusion dans cette phrase. Dans mon besoin de me confier, je lui ai dit au sujet de ma relation avec Alex des choses que je n'avais dites à personne auparavant. Je ne rentrerai pas dans le détail, mais il s'agit de choses assez personnelles, d'une approche critique de sa psychologie, et, surtout, j'y ai dit sans retenue à Alice combien j'étouffe dans cette relation, combien je me sens prisonnier, combien je me sens responsable dans tous les sens du terme, combien c'est éprouvant pour les nerfs et combien, depuis si longtemps, je suis incapable de trouver le courage de dire tout haut tout ça à Alex parce que ça la tuerait que je le lui dise ce qu'elle sait déjà mais qu'il ne faut sous aucun prétexte que je formule. Alex, dans le cours de sa longue lettre de riposte, se contente juste d'un : « Vas-y, envoie-moi les lettres, je ne vois pas ce que j'y apprendrais que je ne sache déjà mais envoie-les, si ça peut te faire plaisir. » Elle ne semble pas davantage intriguée par l'existence de ces lettres, mais si Alice les lui envoie, je suis mort. Je passe les deux jours suivants dans l'angoisse absolue que, par vengeance, Alice mette sa menace à exécution. À ce moment-là, je pense que les femmes sont terribles, je me sens minuscule et je prends à mon compte cette citation célèbre de je ne sais plus qui : « Je n'ai pas eu la chance d'être pédé. » Mais rien ne se passe, l'épisode semble être clos. Hors de question, évidemment, d'écrire en douce à Alice et de la supplier au nom de notre belle histoire de ne surtout pas envoyer ces lettres, ce serait le pompon de la minablerie. Le troisième soir, alors qu'on est sur le canapé en train de regarder un DVD avec Alex – *Solaris*, je crois –, au quart du film elle prend la télécommande, met brusquement sur pause, se retourne vers moi et me dit, droit dans les yeux, comme saisie à retardement d'une révélation : « Qu'est-ce que tu lui as dit exactement, à Alice, dans tes lettres ? Je suis sûre que tu lui as dit du mal de moi. Tu lui as parlé de moi ? Hein ? Tu vas me répondre ? Qu'est-ce que tu lui as dit ? Tu vas me le dire, ce que tu lui as dit, et tout de suite. » Je tremble, je soupire, je transpire, je me retourne vers Alex : j'ai l'impression que ma vie est devenue un train fantôme sans escale. S'ensuit une nouvelle nuit homérique où, après m'avoir tiré les vers du nez sous la menace – je n'avais pas le choix, j'étais piégé, je pensais qu'elle aurait forcément fini par connaître la vérité sur ces lettres –, Alex tempête, hurle, m'insulte, casse, mais ne frappe pas.

Après cet épisode, les journées de novembre passent tant bien que mal. La perspective de Noël en France avec les enfants est sinistre : Alex a repris sa chambre, ses carnets, son téléphone et ses regards foudroyants depuis belle lurette, elle a confisqué mes journaux intimes, et moi, j'encaisse en pensant sans arrêt à Alice. Contrairement à la chanteuse, impossible de l'oublier. Je suis malheureux à crever.

Sur les conseils de Luke, j'ai brûlé le bristol du resto et supprimé pour de bon toutes ses lettres et toutes ses photos dans mon ordinateur pour poser, vis-à-vis de moi-même, un acte clair de bonne volonté. Je refuse désormais de regarder les matches de l'équipe de Monte sur Eurosport, mais il n'y a rien à faire, j'ai mal à l'Italie, mal à tous les pays latins, mal à l'huile d'olive, mal à la salsa, mal aux Havaianas noires taille 37-38, mal à la mer, mal à l'été, mal aux cigales, mal aux cyprès. L'idée d'avoir perdu Alice me mine de plus en plus, bien davantage que la pensée de l'image qu'elle peut avoir désormais de moi. Malgré la tournure lamentable prise par les événements, malgré sa réaction blessée mais vicieuse, malgré le travail de sape d'Alexandrine à son encontre comme à la mienne, elle continue de m'évoquer la paix, le bonheur, la simplicité, l'équilibre. J'ai la même impression que le jour de notre adieu dans le square de Romanze, lorsque, contre toute évidence, l'idée de ne plus jamais nous revoir sonnait faux. L'évidence, c'est qu'elle m'attire, elle m'*attire* au sens propre du terme, comme selon une loi fondamentale de physique, elle m'attire par-delà toutes mes mauvaises raisons d'être attiré par elle, elle m'attire pour ce qu'elle est. Je veux dire par là qu'elle n'est pas seulement mon ange de Romanze, mais quelqu'un de sensible et d'attentionné avec qui il pourrait se passer quelque chose de chouette. Et, toute considération mystique mise à part, je sais qu'une force, qu'une espèce de voix seconde en moi qui est celle de la raison, ou de l'instinct de conservation ou de survie, ou celle de l'espoir et du renouveau, je ne sais pas comment définir ça, bref, je sais en tout cas que quelque chose, qu'un sentiment clair et positif m'impose de me rapprocher d'elle et que cette idée me fait de moins en moins peur. Petit à petit, le besoin que j'ai de l'assurer de mon obsession pour elle se fait plus fort que l'interdit terrorisant d'Alexandrine. C'est le fait de m'enfoncer chaque jour dans un désespoir irréversible qui me fait, paradoxalement, reprendre confiance en moi. Un matin, donc, je prends mon courage à deux mains et je lui envoie en tremblant un mail où je lui dis ma promesse faite à ma femme de ne plus lui écrire, mon besoin de m'excuser auprès d'elle, mon respect d'elle malgré ma bassesse et tous nos bons souvenirs que je ne voulais pas gâcher comme je les ai gâchés. Elle me répond dès le lendemain que je lui ai fait mal, qu'elle cherche à m'oublier, qu'elle voudrait retrouver une vie normale, et me prévient que, si je recommence à lui écrire, elle le dira à ma femme, qu'elle est désolée mais qu'elle a bien compris que c'était le seul moyen de m'en empêcher. Elle termine sa lettre par un poème sentimental assez pessimiste de Nazim Hikmet – tu connaissais, toi, Nazim Hikmet? Et, le plus dingue, c'est que, le soir même, je te jure, le soir même, sur le coup de deux, trois heures du matin, Alex surgit dans ma

185

chambre et m'extirpe fermement de mon sommeil. Dans ses yeux, il y a un mélange de panique, de colère et d'intuition profonde, quasi surnaturelle. Elle me dit : « Jure-moi que tu n'es plus entré en contact avec elle depuis ton SMS. Jure-le-moi tout de suite sur la tête des enfants. » Je lui dis : « C'est pour ça que tu m'as réveillé ? », je jure comme un impie sur la tête des enfants, elle repart et je me rendors, trop dégoûté de tout et bien trop secoué émotionnellement depuis trop longtemps pour trembler ou ressentir encore la moindre crainte.

Privé désormais définitivement d'Alice, la pensée du Mobalien revient en force. Et quant à savoir si oui ou non elle est en relation avec lui, Alex entretient parfaitement le mystère. Elle m'avoue calmement qu'elle a fini par lui téléphoner, qu'elle lui a dit être tombée amoureuse de lui et être folle de son corps, qu'ils se sont échangé quelques mails. J'ai perdu trois kilos, je ne dors plus, ma femme ne veut plus baiser avec moi, le parfum *Chance* de Chanel qu'elle s'est acheté là-bas et qu'il a senti avant moi sur sa peau me paraît le comble de l'ironie et de la torture, je ne ris plus, fini le mec souriant et léger à qui on donnerait vingt-sept ans à tout casser, j'ai une gueule d'adulte comme les autres, pleine de soucis. Je dis à Alex que je n'arrive toujours pas à classer l'affaire Kodong, et, contre toute attente, dans mon intérêt ou pour sa jouissance perverse personnelle, je ne sais pas, elle me dit un jour, presque avec gentillesse : « Tiens, si ça peut te faire du bien, si ça peut t'aider, tu n'as qu'à lui écrire, je te passe son mail, si tu veux. » Au fond, je crois que je n'ai aucune envie d'écrire à ce type. Mais, comme j'imite Alex pas à pas dans cette histoire, comme un enfant imite sa maman, je ne me pose pas la question de savoir si j'en ai envie ou pas, sa proposition est forcément la meilleure, comme d'hab'. Et puis, elle m'offre une assez belle occasion de me venger en douceur, de démythifier enfin ce type, de le remettre à sa place d'être humain, de remplacer ma peur irrationnelle par des mots concrets. J'écris donc un mail très respectueux, très autocritique mais, dans le fond, assez calculateur. En gros, je lui dis Salut, si ma femme t'a choisi, c'est que t'es sûrement un mec bien. Je lui ai fait du mal, elle était désespérée, le saccageur de mariage, c'est moi, pas toi, on ne se connaît pas, Alex est une grande fille, tu lui as fait beaucoup de bien, je n'ai aucune raison de t'en vouloir. Simplement, quoi que vous ayez envisagé ensemble, quels que soient vos sentiments l'un pour l'autre, je voudrais que tu saches que je l'aime plus que tout au monde. Volontairement, j'envoie le mail sans l'avoir fait lire à Alex, qui ne manque pas de me le reprocher. Cet échange entre le mari et l'amant l'émoustille et l'inquiète à la fois, je comprends finalement qu'elle voudrait, bien davantage qu'une preuve authentique de ma bonne volonté et de mes sentiments pour elle, savoir par mon intermédiaire si le mec, lui, l'aime vraiment. Il me répond dès le lendemain quelque chose comme Salut, nice to get news from you, je n'ai nullement l'intention de m'immiscer entre toi et Alex et je te donne ma parole que, dorénavant, je ne la considère plus que comme une bonne copine. Alex, qui, la veille, ne savait trop comment réagir à ma lettre, comprend ce coup-ci qu'elle vient de perdre le Mobalien. Je vois bien qu'elle est triste et déçue, elle cache comme elle peut sa déception, elle me fait la gueule : « Pourquoi tu lui as dit ça? », elle me demande simplement. Elle n'ose pas ajouter : « Je l'ai perdu, maintenant. Tu es content? T'as eu ce que tu voulais? »

Un autre jour encore, à bout de ressources, prêt à tenter n'importe quoi pour soulager ce chaos de souffrance, je rencontre par hasard un raïkhiste suisse de passage en ville. Tu ne vois pas ce que c'est, le raïkhi? C'est une thérapie par l'imposition des mains, tu vois? C'est indien, je crois. Nous discutons longuement dans mon bureau, le type est un peu illuminé mais très humain, très ouvert, sympathique, doux, intuitif. Je lui raconte toute mon histoire avec Alex, je me confie, je lui dis que je ne suis pas du tout initié à ce genre de discipline, que je suis d'un naturel plutôt rationaliste mais que je respecte toutes les alternatives, et que, vu mon mal-être chronique ces temps-ci, je suis prêt à accorder tout mon crédit à la sienne s'il pense être en mesure de faire quelque chose pour moi. Ses yeux se mouillent tout seuls de larmes, il me dit que mon état d'attente et d'espoir le touche et que, oui, il pourrait essayer de faire quelque chose pour moi : une séance de quarante-cinq minutes, rien à payer, il me « sent », il le fera avec plaisir, c'est une question d'éthique. Je propose le lendemain dans mon bureau à l'heure du déjeuner. Il me dit qu'il vaut mieux le faire chez moi, question d'environnement, de vibrations. Je lui dis qu'il faut d'abord que je prévienne ma femme par téléphone. J'appelle Alex, je lui dis : « Ça ne te dérange pas si un monsieur vient me faire une séance de raïkhi demain midi à la maison, dans ma chambre ? Et qu'il reste à déjeuner, par la même occasion ? » Elle me répond aimablement que ce sont mes oignons, que je suis chez moi dans cette maison, que c'est moi qui en paye le loyer et que, par conséquent, je n'ai qu'à y faire ce que je veux, comme d'habitude, que je fais toujours ce que je veux de toute façon, quoi qu'elle dise. « Personnellement, elle ajoute, je m'en fous. Quant au déjeuner, là aussi tu fais comme tu veux, tu te débrouilleras avec ce que la cuisinière aura préparé. » Le lendemain, donc, à l'heure du déjeuner, je débarque dans la salle à manger de notre maison avec le raïkhiste suisse. Alex, manifestement excédée, répond du bout des lèvres à son bonjour avant d'aller à la cuisine essuyer de la vaisselle mouillée pour calmer ses nerfs. Le type, plus désireux de m'aider à régler mes problèmes avec ma femme qu'inquisiteur, se lève, va à la cuisine et entame une conversation avec Alex, dont il a sans difficulté détecté le tempérament de feu. Au bout de quelques minutes, Alex apparaît à la porte de la cuisine, scandalisée. Elle me lance comme un défi, pointant le type du doigt : « Ce monsieur que je ne connais pas débarque chez moi et se permet de me faire la leçon. Tu trouves ça normal ? » J'encaisse en un dixième seconde la perspective d'une galère supplémentaire, je regarde tour à tour Alex et le raï-khiste : « Hein ? Quoi ? Qu'est-ce qui se passe ? » Alex reprend, outrée : « Je discutais tout à fait civilement avec ce monsieur, et il m'a dit, sans que je lui demande quoi que ce soit : *Si les hommes sont parfois maladroits, il ne faut pas leur en vouloir, c'est comme ça.* Non mais de quoi je me mêle ? », elle s'emporte. « Je me mêle, moi, de votre vie privée ? », elle demande au raïkhiste. Je regarde le raïkhiste, interloqué dans son kimono blanc. « Je ne voulais pas vous agresser, ce n'était pas mon intention, je suis désolé si je vous ai choquée. J'essayais, c'est vrai, de me faire un peu l'avocat de votre mari, c'était peut-être maladroit de ma part mais ce n'était pas dirigé contre vous, ne le prenez pas comme ça, ça me fait juste de la peine de vous voir aussi malheureux l'un que l'autre et j'aimerais faire quelque chose pour vous. » Le crâne rasé, un regard d'épagneul breton : il a vraiment l'air d'un brave type. « Alex, calme-toi, qu'est-ce qui s'est passé ? Il doit y avoir un malentendu, là, attends. » Elle prend un ton de menace : « Je viens de te l'expliquer, ce qui s'est passé ! Il n'y a aucun malentendu ! Ce monsieur vient de me manquer de respect et tu le laisses faire ? » « Attends, Alex, attends une seconde. » « Non ! J'attends pas ! », elle hurle. Puis : « Vas-tu reconnaître oui ou non devant moi et devant ce monsieur qu'il vient de me manquer de respect ici, chez moi, dans ma maison ? » Comme à son goût je traîne trop à prendre la juste dimension de la situation, Alex se saisit dans l'égouttoir d'un épais saladier vide en pyrex qu'elle jette de toutes ses forces sur le sol. Inquiétés par le fracas de l'explosion, les enfants arrivent à leur tour dans la cuisine. C'est la première fois qu'elle agit de la sorte en leur présence directe. Je tente immédiatement de les rassurer tout en implorant Alex du regard de se calmer, mais en vain : elle me hurle que c'est une honte de laisser sa femme se faire insulter sans réagir et que, par-dessus le marché, elle trouve scandaleux que je cherche à me faire soigner quand c'est elle qui souffre comme une bête, que je suis le pire des égoïstes, un vrai monstre. Je te jure, ça s'est passé exactement comme ça, je n'invente rien, je n'omets rien. Faut dire qu'elle avait pas tout à fait tort, Alex. Mais quand même, non ? La séance de rhaïki, on l'a faite, finalement. Mais tu imagines la difficulté que j'aie eue à me détendre.

Le gars est même ensuite allé proposer gentiment à Alex, en guise d'excuses, de lui faire la même chose, et, bien sûr, elle a refusé. En partant, le type ne m'a rien dit d'ouvertement négatif sur Alex, il n'a porté aucun jugement, ne m'a donné aucun avis. Mais son regard de compassion profonde, effrayé et choqué, disait tout.

Bref, on cherche les moments d'apaisement avec une torche, c'est invivable. Le 30 novembre, j'ai rendez-vous avec Ivan au resto. C'est la première fois que je sors seul depuis notre retour de Paris, deux mois et demi auparavant. J'ai prévenu Alex pour ce dîner la semaine précédente, je le lui ai rappelé la veille et le matin même. Je suis en train de me confier à Ivan par-dessus le magret de canard et les pommes dauphines, je lui dis que je n'en peux plus, que je ne sais pas où on va, avec Alex, que je me suis complètement perdu de vue, que je ne crois plus au bonheur et que ça me fait du bien de lui parler de mes petits soucis, merci pour la respiration, mon gars, quand, en plein milieu du dîner, coup de fil d'Alex. Elle a la voix qui bout, je sens ses yeux dans sa voix. Sans transition, elle me dit : « Tu trouves ça normal, un mois après avoir voulu me quitter pour la deuxième fois, de sortir dîner avec un copain, de prendre du bon temps comme si de rien n'était ? » Je bafouille quelques protestations molles de mon ton de con et elle me raccroche au nez. Je regarde Ivan, je lui relate la conversation effondré, il ne dit rien par amitié pour Alex, mais, comme ceux du raï-khiste, ses yeux suffisent. Et là, je réalise que je mène une vie de couple aberrante, que personne n'est assez fou pour se compliquer la vie autant que moi et qu'il faut que ça cesse immédiatement. En temps normal, je me serais levé avant la fin de l'assiette, avant le dessert, j'aurais payé l'addition en coup de vent, salué Ivan en lui demandant de me comprendre et j'aurais rallié le domicile conjugal en quatrième vitesse pour aller dire à Alex : « Mais qu'est-ce qui se passe, ma chérie ? Où est le problème ? Je prenais juste un magret avec Ivan et on discutait de choses et d'autres. Juste un truc sans conséquence, je te jure. Tu veux qu'on parle ? » Cette fois, je dis calmement à Ivan, avec une douceur et un sourire outrés qui sonnent comme une promesse quitte ou double d'assaut final : « Écoute, Ivan, écoute-moi bien : non, je ne vais pas me lever. On va finir tranquillement notre repas toi et moi, on va poursuivre tranquillos notre conversation, finir le vin, commander un dessert et même, pourquoi pas, accepter le digestif du patron, d'accord ? On va tout faire comme je viens de te dire et, après, seulement après tout ça, là, on se dit bonne nuit et je rentrerai chez moi en démarrant coolos ma bagnole, O.K. ? » On finit donc le repas et, pour la première fois, je le sens, je vais agir et parler comme je pense. Je dis au revoir à Ivan, je monte dans ma voiture et je décide de conduire sans angoisse, je décide que mon cœur ne battra pas lorsque j'arriverai devant mon portail, je décide que je traverserai la cour la tête haute et que j'ouvrirai la porte de ma maison comme on entre dans un moulin. Je décide que je suis maître de ma vie et que je n'ai pas de raison de me rendre malheureux, je décide que j'en ai assez et que, même s'il faut y mettre le prix, à partir de ce soir, c'est moi d'abord. J'ouvre la porte de la maison et j'aperçois dans mon champ de vision, assise sur le sofa, Alex qui attend pour la millionième fois des explications, mais je ne les lui donnerai pas. Et qu'elle ne s'avise pas de me demander de m'asseoir, je risquerais de mal lui répondre. Sans doute est-ce dû à une détermination particulière dans mon regard, ou à ma façon de traverser le salon, je ne sais pas, mais je sens qu'elle sent que je ne suis pas dans mon état normal, c'est-à-dire anormalement docile. Je ne dis pas un mot, je me dirige calmement vers la salle de bains –, toujours cette même foutue salle de bains –, je la sens s'offusquer en silence dans mon dos, je m'en tape. Salle de bains : je prends mon temps, je mesure mes gestes, je n'allume que la veilleuse du lavabo pour adoucir l'atmosphère, j'ouvre les robinets de la baignoire, je me déshabille lentement, je jette un galet effervescent aux huiles essentielles dans le niveau montant du bain tiède, toujours le clapot des robinets, je prends des forces, enfin je suis bien. Je suis depuis moins de dix minutes dans mon bain, sur le dos, à fourbir calmement ma décision, quand la porte s'ouvre. C'est Alex. Bien sûr, je m'y attendais, je l'attendais. Pour la première fois au cours de toutes ces années de vie commune, je me cache pudiquement la bite de ma main, comme si nous n'avions jamais élevé les cochons ensemble. Je ne me retourne même pas : « Tu voulais quelque chose ? » « Oui. Savoir à quoi tu joues, là. » Ce coup-ci, ses mots ne rencontrent que les murs. C'est un despote sur le déclin, inflexible et pris de panique, un épouvantail dérisoire. « À rien. Je te quitte. » C'est la troisième fois que je le lui annonce en sept mois, mais nous savons très bien elle et moi que, celle-ci, c'est la bonne. « Tu me quittes ? » « Oui. Et fais-moi s'il te plaît la gentillesse de sortir de la salle de bains et de fermer la porte, de sorte que je puisse prendre mon bain tranquille. Merci. »

Mon premier geste, le lendemain matin, est d'envoyer un texto à Alice avec l'urgence à vivre d'un miraculé. Je n'ai plus une seconde à perdre : « Me and my wife are separated since yesterday. I want to be in contact with you again. » Une demi-heure plus tard, je consolide par un e-mail : « Tu peux envoyer cette lettre à ma femme, je m'en fiche. Je n'en peux plus, tu me manques, ça fait un mois que j'ai envie de te hurler que tu me manques à mourir et que je te demande pardon. » Une heure plus tard, dans un état second d'excitation, je téléphone à Monte, elle décroche : « Tu as eu mon

SMS ? Tu as eu mon mail ? Pardon, pardon, reviens-moi je t'en supplie, si tu reviens, je ne te ferai plus jamais de mal, c'est juré, tu ne le regretteras pas, je t'assure, je ne suis pas un ange mais pas un sale type non plus, je t'expliquerai tout, pardon, pardon, j'ai besoin de toi, tu me fais rêver, tu me fais vivre, je ne suis pas fou, j'ai certes des problèmes mais ils ne sont pas insurmontables, je veux juste vivre heureux et je sais ce qui est bon pour moi, ce qui est bon pour moi c'est toi, pardon, pardon. » Je la sens sourire d'un bonheur brutal, à l'autre bout du fil. Pour elle aussi, le soleil est revenu : « Attends un peu, calme-toi », elle me fait quand même pour la dignité. « Attends, je te réponds bientôt, je te promets, calme-toi, laisse-moi juste un peu de temps, il faut que je réfléchisse un peu, ne t'inquiète pas, je sais, je sais déjà tout, j'ai compris, je t'embrasse. » Bref, en trois, quatre jours, wel-come back les lettres, les SMS dolcissimes, Romanze, l'Italie, les bruschette et la promesse, à nouveau, de folles nuits d'amour.

Entre-temps, Alex s'est mise à genoux devant moi pour la première fois de notre vie de couple, elle m'a supplié en larmes de rester, elle s'est foutue minable en pagne à mes pieds en me jurant qu'elle comprenait ma colère et qu'elle changerait du tout au tout pour moi, elle m'a dit qu'elle ne me traiterait plus jamais comme sa chose, qu'elle ne me tyrannise-rait plus, elle a reconnu qu'elle avait trop longtemps projeté sur moi ses propres angoisses, elle m'a dit qu'elle m'aimait plus que tout au monde, que depuis toujours elle me considérait comme le plus beau, le plus intelligent, le plus sensible, le plus insurpassable, mais qu'elle n'avait jamais su me le dire comme il fallait, qu'elle allait changer du tout au tout parce qu'elle refusait de me perdre, qu'elle en serait détruite, de me perdre. C'est la panique à bord, elle m'a écrit trois lettres-fleuves en deux jours, pardon encore pour ce mauvais calembour. Les lettres sont bouleversantes, Alex est sans aucun doute sincère, mais il est trop tard, je n'ai plus le temps d'écouter ma mauvaise conscience et ma compassion. Je le pourrais, pourtant. Je pourrais si facilement craquer une énième fois et me dire que je n'ai pas le droit d'abandonner une enfant en détresse pleurant devant son jouet cassé, que je peux la sauver, que c'est mon devoir, moi qui ai la chance de ne pas autant souffrir qu'elle de mes propres contradictions. Je le pourrais, je pourrais être à deux doigts de me jeter à ses pieds à mon tour et retourner me jeter dans la gueule du loup, mais c'est fini, le monde vient de rebasculer d'un coup, c'est la vie crue, la vie est un bain d'eau glacée dans lequel on te plonge la tête un beau jour jusqu'à ce que tu t'y fasses, je l'ai bien compris, et quand faut y aller faut y aller, à la guerre comme à la guerre, pas de quartier, pas de sentiments. Elle me brise le cœur mais c'est à moi que je dois penser désormais, c'est une question de vie ou de mort.

197

C'est elle ou moi, et ce sera moi. Ça me tue mais c'est comme ça, je n'ai pas le choix. Il faut choisir *la moins pire des solutions*, comme on dit. En lieu et place des « Ma chérie », des « Mon amour », des « Pas de problèmes » et des « Comme tu veux » habituels, je lui dis, pour la toute première fois aussi de notre vie de couple, mes quatre vérités. Je crie un peu trop fort, je m'agite un peu trop, je grimace, je me force un peu pour ne pas me trouver ridicule, je me force pour la beauté du geste, je me force pour la forme, je me force pour le public, je me force pour la route et ça me soulage comme pas possible : « Je n'en peux plus, de te voir m'emmerder sans réagir. Tu m'emmerdes, tu me rends malade et je n'en peux plus. Va te faire sauter par qui tu veux, va te faire sauter par les plus beaux mecs de la galaxie, je n'en ai plus rien à foutre, je me casse. Je n'ai plus envie de toi, de toute façon, tu as fini par me dégoûter de toi à force de me faire chier. Et, écoute-moi bien, si tu oses encore me toucher, si tu t'avises encore une seule fois de t'en prendre à mon intégrité physique, je te frappe comme si t'étais un homme, je te fous un high-kick dans la gueule qui va te faire décoller deux mètres en arrière et te faire te fracasser le crâne par terre. Non, crois-moi, je n'aurai aucun scrupule à te démonter la gueule si jamais tu me retouches. » Ce langage-là, elle l'entend. Pire, elle l'aime. Elle me le dit, d'ailleurs, presque avec du désir dans ses larmes : « J'aime te voir en colère. » Je réalise que je viens de perdre tant d'années de ma vie à chercher à donner et recevoir de la douceur et de la bonne humeur à une femme qui me trouvait trop doux, pas assez mec à son goût. C'est un paradoxe, car je comprends aussi que, si elle a été aussi loin dans la persécution, c'est parce que, réellement, elle pensait que je ne la quitterais jamais. C'est parce qu'elle craignait plus que tout au monde de me perdre tout en ne pouvant envisager sérieusement qu'un jour je finirais effectivement par la quitter. C'est aussi parce qu'elle pensait qu'elle ne me garderait qu'en me « garrottant », comme disait sa tante, et que les hommes, il fallait les mater d'emblée pour les faire se tenir tranquille dans le couple. Je repense à certaines de ces phrases : « Tu dois te comporter avec moi dans une chambre comme les joueurs de foot de l'équipe du Cameroun avec leurs adversaires sur le terrain. Un jour, je les ai entendus en interview à la radio. Ils venaient de leur mettre une raclée et ils disaient d'eux en rigolant aux journalistes : *On en a fait nos femmes.* C'est comme ça que tu dois faire avec moi. » Le couple comme un combat, je te dis, jusque dans le lit. Je pense que la fin de notre histoire est peut-être, aussi, le résultat d'un long conflit interculturel larvé. Alex me l'avait elle-même dit, un soir : « Ton histoire avec Alice me fait d'autant plus mal que je me dis que, entre Blancs, vous vous êtes parfaitement compris, toi et elle. » Et, de fait, lorsque j'y pense, après toutes ces années passées à les avoir prises de si haut, je ne peux m'empêcher, assez naïvement je te l'accorde, de ressentir un sentiment nouveau de grande tendresse, de confiance et de fraternité pour les femmes blanches. Je me rappelle aussi cette phrase troublante lue dans le dernier roman de Jean-Paul Dubois : « Tu sais ce que disait Louise Brooks ? Qu'on ne peut pas tomber amoureuse d'un type bien ou gentil. Parce que les choses sont ainsi faites qu'on n'aime jamais vraiment que les salopards. » Je me demande si cette règle s'applique aussi aux hommes. À propos du Mobalien, je pense à ces mots de la romancière Fabienne Kanor : « Est nègre l'homme dont tu rêves. Que ta peau, ton corps et ton sexe cherchent jusqu'à en perdre la raison. » Je pense parfois qu'Alex ne m'a jamais aimé. À d'autres moments, qu'elle m'a adoré de l'aimer, mais sans bien comprendre ni accepter que je l'aime à ce point parce que, pour plein de raisons psychologiques tordues et compliquées, elle pensait sincèrement ne pas mériter autant d'amour. Je pense à des refrains de chansons populaires : « Si tu ne m'aimes pas, je t'aime. Prends garde à toi. » « Je t'aime, moi non plus. » Je pense à ce qu'elle me prédisait souvent, et pas forcément en période de tensions : « Toi, un jour, tu me quitteras pour une fille qui te ressemble. Tu verras, j'en suis sûre. » Je pense qu'elle me haïssait de n'être pas aussi malheureux qu'elle. Elle me dit : « Tu ne m'aimes plus ? » « Oui. » « Tu me hais ? » « Non. » C'est fou : je m'appartiens enfin mais je ne me reconnais pas. Je est un autre.

Un peu moins d'un mois plus tard, je suis dans le sud de la France, dans la maison familiale, en compagnie de mes deux enfants, ma mère, mon beau-père, ma sœur, son copain et ma grand-mère. C'est le 25 décembre au petit matin, le ciel est gris et tout le monde dort dans la maison. Il fait un froid de canard dehors et, comme mon bronzage tropical ne l'indique pas, j'ai chopé à mon arrivée à Paris, trois jours auparavant, une crève que je me soigne tant bien que mal à coups de Fervex et de pastilles d'Oropivalone. Je viens de faire, comme chaque matin au saut du lit, cent pompes et cent abdos, j'ai avalé du pain, quelques fruits et de l'eau minérale, je me suis brossé les dents, longuement douché à l'eau chaude, je me suis fait beau et mes bagages m'attendent qui sont prêts depuis la veille. Mon beau-père émerge d'une chambre voisine, les yeux mi-clos : « Salut. Ça y est ? T'es prêt ? », il me chuchote pour ne pas réveiller les enfants qui dorment à côté. Il s'habille, fait une toilette rapide, on sort de la maison, j'ajuste mon écharpe, je boutonne mon caban marin acheté d'occasion aux Halles cinq euros le lendemain de mon arrivée, je réapprends l'hiver et les vêtements chauds après plus de deux ans passés à plus de 30 degrés, j'ouvre le portail du jardin, mon beau-père démarre son Opel, manœuvre, et me récupère sur le trottoir, dans la rue. Le trajet est parfaitement désert jusqu'à la gare de Faront, non moins parfaitement déserte. Mon beau-père me lâche sur le parking, merci beaucoup Rafik, à plus, je me précipite vers le comptoir Avis où m'accueille en tailleur rouge une agente solitaire, distraite mais de bonne humeur. « Joyeux Noël, joyeux Noël. » Notre solitude donne une dimension loufoque à la scène, on dirait deux rescapés d'une guerre nucléaire qui mimeraient, sans trop y croire, la vie d'avant : *moi je ferais l'agente d'une célèbre compagnie de location de voitures et toi le client, d'accord ?* J'ai tout préparé depuis Tanambo avec une certaine appréhension et je me réjouis chaque minute de constater que tout se déroule comme prévu. Ce voyage est mon petit caprice, le premier depuis mon séjour en Nouvelle-Zélande, il y a cinq ans. C'est mon petit road movie à moi, et je sais bien que le moindre détail va concourir à en faire, pour l'avenir, un souvenir réussi ou non. Je signe le contrat, l'agente prend la référence de ma carte bancaire et me remet les clés. « Bon voyage et joyeux Noël. » Je suis tout excité mais je m'efforce de marcher lentement pour profiter de chacun de mes pas. La voiture qui m'attend au bout du parking est une Renault Modus qui n'a, m'a précisé l'agente, que 800 kilomètres au compteur. Bip, clac : c'est ouvert. Comme prévu, il y a un lecteur de CD. Ouf. Arrivant de Tanambo, où je conduis chaque jour une Land Cruiser de 1988 au milieu d'un parc automobile non moins daté, je suis fasciné par l'odeur de neuf des sièges et toute la technologie, les gadgets électroniques, le tableau de bord digital, les boutons, les dispositifs élaborés de sécurité et de contrôle, les éclairages subtils, le confort, les matières, le silence mat et feutré d'une voiture européenne du XXIᵉ siècle. Je range mes bagages dans le coffre, j'ôte mon caban que je dépose sur la banquette arrière, mais je conserve mon écharpe, angine oblige. Je m'installe au volant, dépose la carte routière et quelques CD neufs sur le siège du passager, dépose dans le vide-poches pièces en euros, carte Visa, chewing-gums, plaquette entière d'Oropivalone et chocolat. Je sens l'odeur de mon savon se répandre dans l'habitacle, j'attache ma ceinture, cherche mes marques dans le siège, teste quelques commandes de base, oriente les rétroviseurs avec la mollette intérieure, je règle le chauffage, je démarre : ça y est, le film vient de commencer.

Il n'y a personne sur l'autoroute. Caetano Veloso, Jorge Ben et Carlinhos Brown se succèdent dans le lecteur de CD. Je suis seul dans cette voiture neuve et insonore, seul sur l'autoroute, seul au monde, c'est Noël, il fait un temps de chien, je suis mélancolique mais heureux, je suis complètement sonné par ces six derniers mois de l'année, mais heureux. Heureux d'être seul, heureux d'être en France, heureux de voir défiler à 130 les noms de localités balnéaires hors saison sur ma droite : Le Lavandou, Saint-Tropez, Saint-Raphaël, heureux de rouler vers un bonheur enfin tangible. En ce jour de Noël, l'autoroute m'appartient et la route et le ciel finissent par ressembler aux mélodies en demi-teinte de

Veloso et aux percussions solaires de Brown. Ou plutôt, c'est leur musique qui finit par ressembler à ce ciel délavé et à ce bitume détrempé. À ressembler à mon état d'esprit du moment, aussi, entre espoir et mélancolie. Ce sera la musique de mes premiers bilans d'adulte. Cette musique, je la découvre, j'ai acheté les disques un peu au pif à la Fnac des Halles à peine une semaine auparavant, elle est vierge de toute connotation, les premières impressions que j'y fixe sont celles-ci : une voiture neuve et une autoroute déserte de Côte d'Azur en hiver, une histoire pénible qui s'achève et du bonheur pour une semaine et peut-être davantage au bout de la route. C'est la musique de ma liberté et de mon renouveau, elle a la couleur que je lui donne, elle est en train de marquer une étape essentielle de mon histoire. Parce que, la première chose que j'ai décidé de faire en changeant de vie, c'est changer de musique. Fini le R'n'B d'Alex que je ne m'étais mis à apprécier, d'ailleurs, que pour lui plaire. Place maintenant aux crooners *saudosistas* brésiliens qui correspondent nettement mieux à ma sensibilité. Je réapprends à m'appartenir. Je conduis seul, entre espoir et mélancolie, et c'est parfait comme ça, il ne peut en être autrement. J'ai bien conscience de vivre un moment important de ma vie. J'aime la Méditerranée française, c'est mon port d'attache. Malgré tous mes voyages, s'il y a un lieu sur cette terre où je me sente chez moi, à l'abri, s'il y a un lieu où l'air, la lumière et la mer me parlent comme nulle part ailleurs, c'est définitivement ici. Nice, Monaco, Menton : les noms de villes défilent comme des stations de métro. La frontière passée, j'envoie un premier SMS : « Sono in Italia ! » Je note les micro-changements : la chaussée se rétrécit, la conduite se fait plus rapide et plus souple, les lignes de marquage au sol sont plus nettes, les murs des tunnels sont laissés couleur béton, les néons plus vifs, davantage de bandes fluorescentes dans la signalisation routière, les villes de loin ont l'air plus austères et tristounettes, mussoliniennes sans doute, les aires de repos deviennent *Area servizio*. Péages : *N'giorno signore, buon Natale, due euros per favore.* San Remo, Imperia, Albenga, Savone. À Gênes, je prends la direction du Nord : Alessandria-Monte. À la vue de ce seul nom sur le panneau de direction, mon cœur fait un bond. Dehors, ça sent la neige. Péages, *aree di servizio, buon giorno, buon Natale, vorrei un sandwich come questo e un caffè longo, grazie mille, ciao,* Vous quittez la Ligurie, bonne route, je me sens européen, je suis fier d'être européen, Carlinhos Brown, Johnny Cash, Caetano Veloso, Sergio Mendes, Maria Bethania infatigables dans le lecteur de CD, et puis soudain Monte, mon cœur explose littéralement. Un œil sur le plan de la ville, je prends tout droit une colossale, austère et interminable avenue, et voilà, à gauche, la via N., je roule encore tout droit pendant dix minutes dans une ville enneigée, intemporelle, cossue et fantomatique, je roule tout droit sous les réseaux de câbles de tramways et je trouve mon hôtel du premier coup, juste en face de la gare, je me gare. C'est vaste, spacieux, silencieux, désert, capitonné, tiède : j'adore. À la réception, il y a des relents de cuisine saine et d'eau de Cologne. On me remet les clés en français, je monte à ma chambre, les couloirs aussi sont interminables, j'ai l'impression de rêver. La chambre est haute sous plafond. Je pose mes bagages. Sur mon lit, on a fait déposer une rose blanche. Je me déshabille, douche, TV en fond sonore, je me sèche, je m'habille de vêtements propres, il faudrait que je dorme un peu, alors je me déshabille à nouveau, je suis trop excité pour m'endormir, alors je me rhabille. Une heure et demie plus tard, un SMS : « Je suis en bas de l'hôtel, j'arrive. » Les paumes de mes mains en deviennent moites d'émotion. J'attends trois minutes derrière la porte, le cœur en suspens. Ça y est, je sens que c'est le moment, j'ouvre. Alice, tout aussi émue que moi en m'apercevant dans l'encadrement de la porte, retient son pas en plein milieu du couloir. Elle est encore plus belle que sur les photos, plus belle que dans mon souvenir, plus belle même que dans mon imagination depuis quatre mois. Elle est plus blonde, plus fine de traits, plus mûre, ses yeux plus verts et son sourire plus éclatant. Vêtue toute de noir hivernal, elle est splendide. Elle reste immobile dans le couloir, je m'avance, la prends dans mes bras et la serre en silence. Merci pour la rose.

Je te rappelle que, jusque-là, nous ne nous sommes vus qu'une seule fois, à Romanze, en été. Mais, pas d'erreur, l'hiver, le Nord, le ciel gris, la crève et les lainages n'y font rien : c'est bien nous. Le lendemain matin, dans la voiture qui roule vers la mer sur l'autoroute, Alice, qui s'est endormie sur le siège du passager, ouvre par intermittence les yeux dans ma direction malgré sa nuit blanche. Elle a exactement le même regard – cette expression grave et intense d'une hésitation amoureuse qui s'abandonne – qu'au milieu de la nuit dans son lit de Romanze, six mois auparavant. On passe cinq jours dans un petit hôtel des Cinqueterre. Notre chambre se trouve tout en haut d'une labyrinthique série d'escaliers. Nous sommes pratiquement les seuls clients, c'est hors saison, tout est fermé, pas un chat, la mer est glacée, il pleut toute la journée mais on s'en fiche, c'est la plus belle semaine de notre vie. On se couche à pas d'heure, on ne dort pas, on rate systématiquement les services de midi et du soir du restaurant de l'hôtel, on descend en cuisine sur le coup de vingt-trois heures pour se faire offrir un morceau de pain et trancher quelques lamelles de prosciutto qu'on avale sur un coin de table avec une faim de loup. Dans la chambre, il y a le lit, énorme, duveteux, rustique, moelleux, une lampe de chevet ainsi qu'une coiffeuse surmontée d'un miroir. Nos bagages sont sens dessus dessous, nos vêtements sont éparpillés aux quatre coins de la pièce mais plus rien d'autre que nous n'a d'importance. On a apporté un lecteur de CD portable et des enceintes d'ordinateur pour la musique. Dehors, un balcon minuscule et la vue cinématographique sur un dégradé de falaises à pic et sur la Méditerranée qui, par ce temps, a pris des allures de mer Baltique. On se croirait dans un chalet de montagne. Deux soirs de suite, on prend la voiture pour aller au cinéma, à La Spezia. La route surplombe la côte. C'est une succession de lacets bordés de pins maritimes. Même de nuit, même déserte, même sous la pluie, même par zéro degré, j'y retrouve ma Méditerranée estivale. On est seuls au monde avec la musique, les fluorescences feutrées du tableau de bord et les phares de la voiture qui percent des nuits sans lune. On ressent la même chose, le même afflux de sensations précieuses. On prend plein de photos de nous. On dîne dans des restaurants hors saison. Des goûters de croissants, de chocolats chauds et d'oranges pressées au bar de l'hôtel. Une pizzeria très animée, immense et moderne, pleine de jeunes sportifs en plein milieu d'une rue déserte de La Spezia, vers minuit : *L'Antica Pizzeria Da Mamma Ri*. Si t'as l'occasion d'y aller, n'hésite pas, c'est super. Je masse Alice à la cannelle, elle fait le clown pour moi, on se marre dans un anglais bien à nous, un anglais de Latins. Le reste du temps, on se raconte très sérieusement notre vie et on fait l'amour. Trois, quatre, cinq fois par jour, en prenant tout notre temps. C'est la première, parmi les très rares femmes que j'ai connues, qui envisage l'amour comme je l'envisage moi-même : librement, exclusivement, tendrement, goulûment, généreusement, narcissiquement. Nos fantasmes sont similaires. C'est la première fois aussi que je mène une femme jusqu'à l'orgasme, et à chaque fois ça m'émeut à un point que tu ne peux pas imaginer. Je découvre une version objective du bonheur. Mais les jours sont comptés et il faut rentrer. Cent cinquante heures sans se quitter d'un pouce et pas une fausse note, je te jure. Sur l'autoroute du retour, on est tellement malheureux d'avoir à se quitter qu'on s'en ferait presque la gueule. On parle de notre prochain rendez-vous, on commence à faire des projets, à se faire des promesses. À Monte, on va à la Fnac pour s'acheter en double la musique de nos vacances : Carlinhos Brown et Lhasa pour elle, Carmen Consoli et Vasco Rossi pour moi. Je la dépose devant sa maison, via B., sur le coup de dix-neuf heures. *Ciao mio amore, ciao. We don't need to be sad, it's just the beginning of a beautiful and long story. Je t'aime. Te quiero. Ti amo. I love you. Ciao, ciao, ciao.*

Il fait déjà nuit lorsque je quitte la ville. À la première *area servizio* où je m'arrête pour appeler Alice, des automobilistes pressés en tenue de soirée achètent des cigarettes et de l'alcool pour le réveillon de *Capo d'Anno*. Je suis en caban marin et en baskets, pas plus de 31 décembre pour moi cette année que de Noël. Juste un café pour tenir la route après cinq jours sans réel sommeil. J'ai tout mon temps. Je me sens à la fois tourmenté et apaisé. Tourmenté, tout d'abord, par la séparation d'avec Alex après tant d'années d'une relation exclusive. *Je l'ai fait,* mon Dieu, *je l'ai fait.* Cela semble irréel. Et ce pas effectif, décisif, vers la liberté, c'est, paradoxalement, une montagne vertigineuse d'effroi et de culpabilité à affronter chaque matin au réveil. Tourmenté à la perspective de toutes les difficultés, mais concrètes et abordables, qui vont m'attendre à mon retour à Tanambo. Tourmenté par le drame banal de la séparation auquel mes enfants, tout comme moi à leur âge, vont se trouver confrontés. Tourmenté par les cycles imparables de la vie. Tourmenté aussi bien par l'irruption soudaine d'Alice dans ma vie que par son absence brutale. Tourmenté par mon incurable propension à me réinvestir sans transition dans une relation sentimentale forte. Est-ce vraiment cela que je veux? L'amour? Et puis, encore une fois, c'est quoi l'amour? Où commence et où s'achève la part d'autosuggestion? Comment savoir si j'aime ou pas Alice? Par moments, j'ai le sentiment que je ne suis plus capable d'aimer, que j'ai tout donné à Alex. À d'autres, que si l'absence d'Alice me fait mal et que penser à elle me fait du bien, alors oui, je suis amoureux. Et pourquoi m'en priver? Tout me paraît tellement plus simple avec Alice que j'en viens même à me demander, surpris par tant de légèreté, si l'amour n'a de sens que lorsqu'on y souffre. Apaisé, enfin, comme un homme comblé sexuellement et à nouveau plein d'espoir. Je note que mon existence est désormais partagée entre les jours *où ça va*, et les jours *où ça va pas*. Ou, pour être plus précis, entre les jours où ça ne va pas et ceux où je parviens à oublier pendant quelques heures que ça ne va pas. Je pense qu'il me faudra dorénavant me prendre sérieusement en main pour ne pas plonger, qu'il me faudra *agir*, impérativement rire, sortir, lire, jouer avec mes enfants, écouter de la musique joyeuse, énergique, voir des gens, faire la fête, ranger, bricoler, cuisiner, faire du sport, qu'il me faudra absolument m'étourdir pour tenter le plus souvent possible d'oublier que ça ne va pas. Des métaphores précises de l'histoire de notre séparation, avec Alex, me viennent à l'esprit : deux planches de bois soudées l'une contre l'autre à la colle ultraforte, la colle qui prend petit à petit et, juste avant que les morceaux ne fassent définitivement plus qu'un, deux bras fermes reviennent sur le projet du charpentier et décident de les arracher l'un à l'autre : la désolation brutale des lambeaux de colle à moitié secs hérissés sur les deux malheureuses planchettes, et le temps qui finira par les patiner sans qu'il ait jamais été possible de racler tout à fait toute la colle pour les ramener chacune à leur état initial. Ou bien moi tirant un premier coup de revolver sur Alex, elle chancelante qui rétorque par un coup de bazooka, moi projeté à terre, la poitrine béante, qui l'achève à la bombe atomique. Moi : une cruche en morceaux. Ou bien une voiture sauvée de justesse de la casse. Ou bien un amas de cellules mortes dont certaines se régénèrent miraculeusement. Je me remémore le rêve troublant que j'ai fait quelques nuits auparavant : Alex et moi sur un quai glissant du port de Faront, un jour de vent et de grisaille. Vêtue avec élégance, insouciante, elle est assise à l'intérieur d'un canot pneumatique. Moi, je rampe à même le quai, sur le ventre, en tenant fermement le canot de ma main parce que, à tout moment, le vent est susceptible de le pousser à l'eau. Je tiens bon parce qu'Alex ne sait pas nager. On glisse, on glisse, le vent nous entraîne de plus en plus vite, ça tourbillonne dans tous les sens, c'est à la fois grisant et dangereux. On glisse, on glisse, on prend de la vitesse, j'ai de plus en plus de mal à tenir la corde du canot dans ma main, je le signale à Alex qui ne m'entend pas, toujours insouciante, toujours au-dessus de ça, et, à un moment donné, c'est au-delà de mes forces, sous l'effet du redoublement du vent la corde finit par m'échapper. Paniqué, je me précipite comme un dingue vers le canot, je rampe le plus vite possible pour essayer de le rattraper, je rampe en m'écorchant le ventre sur le béton du quai, mais le canot glisse beaucoup plus rapidement que moi, s'emballe sous l'effet du vent et de l'eau de pluie qui recouvre la surface rugueuse du quai, je vois Alex se rapprocher de plus en plus du bord du quai, de l'eau, elle ne s'est aperçue de rien, elle se tient droite comme une reine

à l'intérieur du canot, le nez en l'air, sans même avoir
réalisé que je ne la retiens plus. Je lui hurle de sauter
en marche, je m'égosille, je rampe, j'ai le ventre en
sang, mais rien à faire : elle ne m'entend pas. J'assiste
impuissant à la chute du canot, qui s'engouffre entre
le quai et la coque d'un voilier qui y est amarré. Heureusement, Alex s'est retenue au dernier moment à
l'une des défenses du voilier. Mais les deux tiers de
son corps sont immergés. J'arrive haletant à sa hauteur, je lui tends la main pour l'aider à se hisser sur le
ponton. Elle me regarde avec haine, ses yeux me
reprochent ce mauvais effet de surprise, elle repousse
ma main, se hisse elle-même tant bien que mal sur le
quai. Ses vêtements sont fichus, tout trempés de l'eau
dégueulasse du port. Quelle interprétation faut-il
donner à tous ces éléments? Aurais-je dû tenir plus
fermement la corde du canot? N'ai-je pas crié assez
fort? Méritais-je la confiance aveugle d'Alex? Ou
bien c'est le vent qui était trop fort, le canot trop frêle
et peine perdue cette tentative de sauvetage? Je pense
que je suis trop sensible. Je pense que je suis trop
orgueilleux. Je pense que l'orgueil et la sensibilité ont
fait de moi un salaud. Je pense que, tout compte fait,
je n'ai pas supporté d'être trompé. Je pense qu'il ne
faut pas que j'oublie que, dans toute cette histoire,
c'est moi qui ai porté le premier coup, le pire. Mais je
pense aussi que, premier coup ou pas, tout ce qui est
arrivé devait arriver. Je pense que je me suis sauvé la
vie. Lorsque l'image d'Alex me vient à l'esprit, je pro-

cède à d'énormes efforts d'autosuggestion : non, tu ne peux et ne dois te sentir responsable d'elle. Je me rends compte que le bon sens et la logique n'y font rien : une si longue et si forte relation surpasse tous les refuges de la rationalité et de l'évidence : je suis coupable. Je n'avais pas le droit de faire une chose pareille. Pas après nous être tant aimés avec Alex. Nous nous étions fait trop de promesses, notre union était une telle évidence, j'ai ni plus ni moins brisé un pacte sacré de confiance. Je pense que cela me tue d'avoir renoncé à Alex après l'avoir tant aimée. Je me demande avec effroi si je l'aime encore. Je pense aussi que toute cette histoire peut se résumer à une consta-tation simple : Alex, ses exigences, son caractère, c'était trop pour moi. Que je n'étais pas celui qu'il lui fallait, que j'ai voulu essayer de tout mon être. Que, au bout du compte, je n'ai pas été à la hauteur et puis que j'ai fini par jeter l'éponge, point à la ligne. Qu'on ne peut pas vivre avec une femme qu'on craint trop, qu'on redoute jusque dans le lit. Que la vie n'est pas faite pour cela. Je pense que l'on s'est connus très jeunes et que nous avons payé au prix fort, l'un comme l'autre, notre inexpérience de la vie. Je pense à la belle formule d'un ami, dans sa lettre récente : «Votre couple, c'était un peu l'alliance d'un alezan et d'une lionne, duo splendide ô combien!, mais atte-lage imprévisible et imprévoyant.» Je pense : *Erreur de casting*. Je pense que tout cela pourrait se résumer à une histoire de cul qui ne marchait pas, à de la simple chimie, point à la ligne. Je pense que je ne lui pardonnerai jamais d'avoir sciemment exercé sur moi, pendant toutes ces années, une telle pression sur un domaine qu'elle savait si sensible chez moi. Je pense que ce n'est pas aimer son homme que le traiter de la sorte. Parfois je pense : *Pauvre de moi, bien fait pour sa gueule.* Parfois je plains aussi Alex, mais sans jamais m'accabler tout à fait moi-même. Je pense que je ne suis pas si bon et si généreux que je me l'imaginais. Je pense que j'ai supporté des choses que personne d'autre que moi n'aurait pu supporter. Je pense que les cauchemars, ça n'arrive pas qu'aux autres. Je pense que je suis peut-être en train d'exagérer la portée d'une histoire somme toute assez banale. Je m'inquiète : est-ce que, malgré ce que m'en ont dit les hommes qui sont déjà passés par là, je retrouverai un jour la tranquillité, la paix, la joie de vivre ? Est-ce que le temps cicatrise la souffrance aussi efficacement qu'on le dit ? Est-ce que je m'en remettrai un jour ? Je pense à cette phrase de Nietzsche : « Tout ce qui ne tue pas rend fort. »

Je continue en direction de Milan sur une autoroute en travaux, je roule, je roule. L'heure tourne et, tandis que les autres voitures se font de plus en plus rares, la signalisation de sécurité, elle, devient prépondérante. Feux triangulaires, rampes lumineuses, flashes, bandes fluorescentes métallisées et sémaphores en tous genres : après quatre-vingts kilomètres, je suis tout à fait seul au monde sur une autoroute réduite en entonnoir à une voie unique qui n'en finit jamais, entouré de grilles et de bornes de protection en plastique. La fatigue aidant, j'ai soudain le sentiment d'être au milieu d'une forêt de monstres automates gesticulants, effrayants et menaçants, comme dans ces scènes finales des séries policières britanniques des années soixante, tu vois ce que je veux dire? Je prends peur, je te jure, je prends vraiment peur, mes mains deviennent moites, je vais trop vite, je suis trop seul sur cette route, je décélère, je crains de m'être trompé de direction, je cherche en vain une présence humaine, j'ai l'impression que je ne cesserai jamais de filer vers le nord et que je n'arriverai jamais au bout de mon voyage, j'ai l'impression que je vais mourir. Et puis, brusquement, les monstres s'éteignent, la chaussée s'élargit à nouveau, c'est la fin de la zone de travaux. Je reprends vie en apercevant un panneau *Alessandria-Genova prossima uscita*. Je vais enfin reprendre la direction du sud, enfin la mer, enfin ma Méditerranée, je suis sauvé. Pour moi, désormais, les autoroutes du nord de l'Italie dans la nuit du 31 décembre ressemblent à cette chanson mélancolique et profonde de Carlinhos Brown que je me repassais alors en boucle dans la voiture et que j'aimerais bien te faire écouter : *Argila*. Je ne sais absolument pas de quoi parle la chanson, je ne comprends pas le portugais. Carlinhos Brown, qui est originaire de Salvador de Bahia, n'a probablement rien à voir avec le Nord italien en hiver. Mais j'aime l'idée que l'argile, malléable et charcutable à l'infini mais qui finit un jour par durcir et trouver son équilibre, représentait parfaitement mon état d'esprit à ce moment-là. Et puis, dans *argile*, il y a *fragile*, non?

À minuit pile, je viens de passer la frontière dans l'autre sens, j'ai à nouveau réduit ma vitesse et j'ai fini par prendre goût à ma complète solitude sur l'autoroute. Loin, très loin sur ma gauche, vers la mer, j'aperçois les premiers feux d'artifice qui s'élèvent au-dessus des bourgades françaises. Les gens font la fête très loin sur les bas-côtés, et moi, je roule encore trop vite et je suis beaucoup trop éloigné pour me sentir réellement concerné par leur bonheur. Mais c'est beau quand même. C'est bref, c'est un peu dérisoire, mais c'est beau. Et puis, très rapidement, au bout de quelques minutes, plus rien : la nuit noire et mes phares ont repris le dessus. Parfois, quand tu penses que ça y est, que c'est fini, il y a un retardataire qui en fait repartir un, comme ça, pof! Et puis, plus rien à nouveau. Oui, je crois bien que je ne les avais jamais observés d'aussi loin, les feux d'artifice du 31 décembre.

Bande originale sélective

Carlinhos Brown : *Argila* (Alfagamabetizado, 1996)
Maria Bethania : *Ambar* (Ambar, 1996)
Caetano Veloso : *Dans mon île* (Outras Palavras, 1981)
Tribalistas : *O Amor e Feio* (Tribalistas, 2002)
Jorge Ben : *Por Causa de Você, Menina* (Samba Esquema Novo, 1963)
Carmen Consoli : *Equilibrio Precario* (L'Anfiteatro e La Bambina Impertinente, 2001)
Johnny Cash : *Hurt* (American IV, 2002)

Achevé d'imprimer en mars 2006
dans les ateliers de Normandie Roto Impression s.a.s.
à Lonrai (Orne)

N° d'éditeur : 1926 – N° d'imprimeur : 06-0628
Dépôt légal : mars 2006

Imprimé en France